瑞蘭國際

瑞蘭國際

還來得及！

新日檢N2 文字 語彙
考前7天衝刺班

元氣日語編輯小組　編著

關鍵考前1週，用單字決勝吧！

　　從舊日檢4級到新日檢N1～N5，雖然題型題數都有變革，但基本要求的核心能力從未改變，就是「活用日語聽、說、讀、寫」的能力，而這四大能力的基礎，就是單字。不論是語意、單字用法，或是漢字的寫法、讀音等等，備齊了足夠的字彙量，就像練好基本功，不僅能提升「言語知識」單科的成績，也才能領會「讀解」的考題、聽懂「聽解」的問題。

　　「文字・語彙」屬於「言語知識」一科，除了要了解單字的意義、判斷用法之外，更要熟記並分辨漢字語的讀音。對處在漢字文化圈的我們而言，雖然可以從漢字大致判斷語意或音讀，但也容易因此混淆了「長音」、「促音」、「濁音」的有無，而訓讀的漢字音也因為與平常發音相差甚遠，必須特別留意。

　　準備考試是長期抗戰，除了平常累積實力之外，越接近考期，越是要講求讀書效率，這時需要的是求精而不貪多，確認自己的程度，針對還不熟的地方加強複習。

　　如果你已經準備許久、蓄勢待發，請利用這本書在考前做最後的檢視，一方面保持顛峰實力，一方面發掘自己還不夠熟練的盲點，再做補強。

倘若你覺得準備還不夠充分，請不要輕言放棄，掌握考前7天努力衝刺，把每回練習與解析出現的文字語彙認真熟記，用最有效率的方式，讓學習一次就到位，照樣交出漂亮的成績。

本書根據日本國際教育支援協會、日本國際交流基金會所公布新日檢出題範圍，由長期教授日文、研究日語檢定的作者群執筆編寫。1天1回測驗，立即解析，再背誦出題頻率最高的分類單字，讓「學習」與「演練」完整搭配。有你的努力不懈、加上瑞蘭國際出版的專業輔導，就是新日檢的合格證書。

考前7天，讓我們一起加油吧！

元氣日語編輯小組

戰勝新日檢，掌握日語關鍵能力

元氣日語編輯小組

　　日本語能力測驗（**日本語能力試験**）是由「日本國際教育支援協會」及「日本國際交流基金會」，在日本及世界各地為日語學習者測試其日語能力的測驗。自1984年開辦，迄今已近30年，每年報考人數節節升高，是世界上規模最大、也最具公信力的日語考試。

新日檢是什麼？

　　近年來，除了一般學習日語的學生之外，更有許多社會人士，為了在日本生活、就業、工作晉升等各種不同理由，參加日本語能力測驗。同時，日本語能力測驗實行20多年來，語言教育學、測驗理論等的變遷，漸有改革提案及建言。在許多專家的縝密研擬之下，自2010年起實施新制日本語能力測驗（以下簡稱新日檢），滿足各層面的日語檢定需求。

　　除了日語相關知識之外，新日檢更重視「活用日語」的能力，因此特別在題目中加重溝通能力的測驗。同時，新日檢也由原本的4級制（1級、2級、3級、4級）改為5級制（N1、N2、N3、N4、N5），新制的「N」除了代表「日語（Nihongo）」，也代表「新（New）」。新舊制級別對照如下表所示：

新日檢N1	比舊制1級的程度略高
新日檢N2	近似舊制2級的程度
新日檢N3	介於舊制2級與3級之間的程度
新日檢N4	近似舊制3級的程度
新日檢N5	近似舊制4級的程度

新日檢N2和舊制相比，有什麼不同？

　　新日檢N2的考試科目，由舊制的文字語彙、文法讀解、聽解三科整合為「言語知識‧讀解」與「聽解」二大科目，不管在考試時間、成績計算方式或是考試內容上也有一些新的變化，詳細考題如後文所述。

　　舊制2級總分是400分，考生只要獲得240分就合格。而新日檢N2除了總分大幅變革減為180分外，更設立各科基本分數標準，也就是總分須通過合格分數（＝通過標準）之外，各科也須達到一定成績（＝通過門檻），如果總分達到合格分數，但有一科成績未達到通過門檻，亦不算是合格。各級之總分通過標準及各分科成績通過門檻請見下表。

N2總分通過標準及各分科成績通過門檻			
總分通過標準	得分範圍	0~180	
	通過標準	90	
分科成績通過門檻	言語知識（文字・語彙・文法）	得分範圍	0~60
		通過門檻	19
	讀解	得分範圍	0~60
		通過門檻	19
	聽解	得分範圍	0~60
		通過門檻	19

　　從上表得知，考生必須總分90分以上，同時「言語知識（文字・語彙・文法）」、「讀解」、「聽解」皆不得低於19分，方能取得N2合格證書。而從分數的分配來看，「聽解」與「讀解」的比重都提高了，尤其是聽解部分，分數佔比約為1/3，表示新日檢將透過提高聽力與閱讀能力來測試考生的語言應用能力。

　　此外，根據新發表的內容，新日檢N2合格的目標，是希望考生能理解日常生活中各種狀況的日文，並對各方面的日文能有一定程度的理解。

新日檢程度標準		
新日檢N2	閱讀（讀解）	・對於議題廣泛的報紙、雜誌報導、解說、或是簡單的評論等主旨清晰的文章，閱讀後理解其內容。 ・閱讀與一般話題相關的讀物，理解文脈或意欲表現的意圖。
	聽力（聽解）	・在日常生活及一些更廣泛的場合下，以接近自然的速度聽取對話或新聞，理解話語的內容、對話人物的關係、掌握對話要義。

新日檢N2的考題有什麼？

　　新日檢N2除了延續舊制日檢既有的考試架構，更加入了新的測驗題型，所以考生不能只靠死記硬背，而必須整體提升日文應用能力。考試內容整理如下表所示：

考試科目（時間）		題型		
		大題	內容	題數
言語知識（文字・語彙・文法）・讀解	文字・語彙	1 漢字讀音	選擇漢字的讀音	5
		2 表記	選擇適當的漢字	5
		3 語形成	派生語及複合語	5
		4 文脈規定	根據句子選擇正確的單字意思	7
		5 近義詞	選擇與題目意思最接近的單字	5
		6 用法	選擇題目在句子中正確的用法	5

考試科目 （時間）		題型		
		大題	內容	題數
言語知識（文字・語彙・文法）・讀解	文法	7 文法1 （判斷文法形式）	選擇正確句型	12
		8 文法2 （組合文句）	句子重組（排序）	5
		9 文章文法	文章中的填空（克漏字），根據文脈，選出適當的語彙或句型	5
	讀解	10 內容理解 （短文）	閱讀題目（包含生活、工作等各式話題，約200字的文章），測驗是否理解其內容	5
		11 內容理解 （中文）	閱讀題目（評論、解說、隨筆等，約500字的文章），測驗是否理解其因果關係、理由、或作者的想法	9
		12 綜合理解	比較多篇文章相關內容（約600字）、並進行綜合理解	2
		13 內容理解 （長文）	閱讀主旨較清晰的評論文章（約900字），測驗是否能夠掌握其主旨或意見	3
		14 資訊檢索	閱讀題目（廣告、傳單、情報誌、書信等，約700字），測驗是否能找出必要的資訊	2
聽解		1 課題理解	聽取具體的資訊，選擇適當的答案，測驗是否理解接下來該做的動作	5
		2 重點理解	先提示問題，再聽取內容並選擇正確的答案，測驗是否能掌握對話的重點	6
		3 概要理解	測驗是否能從聽力題目中，理解說話者的意圖或主張	5
		4 即時應答	聽取單方提問或會話，選擇適當的回答	12
		5 統合理解	聽取較長的內容，測驗是否能比較、整合多項資訊，理解對話內容	4

**50
分鐘**

其他關於新日檢的各項改革資訊，可逕查閱「日本語能力試驗」官方網站http://www.jlpt.jp/。

台灣地區新日檢相關考試訊息

測驗日期：每年七月及十二月第一個星期日

測驗級數及時間：N1、N3在下午舉行；N2、N4、N5在上午舉行

測驗地點：台北、台中、高雄

報名時間：第一回約於四月初，第二回約於九月初

實施機構：財團法人語言訓練測驗中心

　　　　　（02）2365-5050

　　　　　http://www.lttc.ntu.edu.tw/JLPT.htm

如何使用本書

即使考試迫在眉睫，把握最後關鍵7天，一樣能輕鬆通過新日檢！

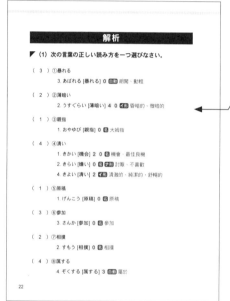

倒數第7~2天　確保程度

1天1回測驗，立即解析N2範圍內的文字語彙，詞性、重音、釋義詳盡，了解自我程度，針對不足處馬上補強！

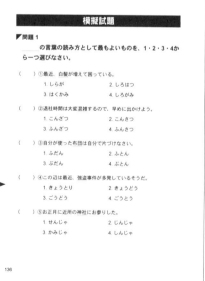

考前1天　模擬測驗

全真模擬試題，透視新日檢N2考題，拿下合格關鍵分！

考前
7天

必背單字

除了解析出現過的單字，還依詞性分類，精選出題頻率最高的單字，完整擴充單字量。每天寫完測驗題後立即背誦，分秒必爭，學習滿分！

本書略語一覽表			
名	名詞	**イ形**	イ形容詞（形容詞）
代	代名詞	**ナ形**	ナ形容詞（形容動詞）
感	感嘆詞	**接續**	接續詞
副	副詞	**接尾**	接尾語
自動	自動詞	**連語**	連語詞組
他動	他動詞	**0 1 2 …**	重音（語調）標示
自他動	自他動詞		

目　錄

考前衝刺

第一回

試題

(1) 次の言葉の正しい読み方を一つ選びなさい。

(　　) ①暴れる

1. あほれる　2. あぼれる　3. あはれる　4. あばれる

(　　) ②薄暗い

1. うすくらい　2. うすぐらい

3. うらくらい　4. うらぐらい

(　　) ③親指

1. おやゆび　2. おやし　3. おやさし　4. おやゆい

(　　) ④清い

1. きかい　2. きらい　3. きすい　4. きよい

(　　) ⑤原稿

1. げんこう　2. げんごう　3. げんたか　4. げんだか

(　　) ⑥参加

1. さいが　2. さいか　3. さんか　4. さんが

(　　) ⑦相撲

1. すまう　2. すもう　3. すらう　4. すこう

(　　) ⑧属する

1. そんする　2. ぞんする　3. そくする　4. ぞくする

（　　）⑨著名

    1. ちゃめい　　2. ちゅめい　　3. ちょめい　　4. しょめい

（　　）⑩天才

    1. てんさい　　2. てんざい　　3. てんさき　　4. てんざき

（　　）⑪縄

    1. ない　　　　2. なわ　　　　3. なみ　　　　4. なす

（　　）⑫温い

    1. ぬらい　　　2. ぬるい　　　3. ぬろい　　　4. ぬかい

（　　）⑬喉

    1. のぼ　　　　2. のど　　　　3. のご　　　　4. のぞ

（　　）⑭人差し指

    1. ひとさしゆび　　　　　2. ひとざしゆび

    3. ひとさしず　　　　　　4. ひとざしず

（　　）⑮別

    1. へつ　　　　2. べつ　　　　3. へい　　　　4. べい

（　　）⑯豆

    1. まあ　　　　2. まし　　　　3. まか　　　　4. まめ

（　　）⑰六つ

    1. むかつ　　　2. むいつ　　　3. むっつ　　　4. むくつ

（　　）⑱最も

    1. もうとも　　2. もつとも　　3. もっとも　　4. もんとも

（　　）⑲夢

      1. ゆみ　　　　2. ゆま　　　　3. ゆめ　　　　4. ゆい

（　　）⑳落第

      1. らくたい　　2. らくだい　　3. らくてい　　4. らくでい

（　　）㉑留守

      1. るしゅ　　　2. るも　　　　3. るす　　　　4. るきょ

（　　）㉒録音

      1. ろくおと　　2. ろかおん　　3. ろくおん　　4. ろかおと

▼（2）次の言葉の正しい漢字を一つ選びなさい。

（　　）①いわ

      1. 宝　　　　　2. 砂　　　　　3. 石　　　　　4. 岩

（　　）②えんりょ

      1. 延慮　　　　2. 客慮　　　　3. 遠慮　　　　4. 演慮

（　　）③かっこう

      1. 格適　　　　2. 外好　　　　3. 格好　　　　4. 外貌

（　　）④くせ

      1. 慣　　　　　2. 精　　　　　3. 供　　　　　4. 癖

（　　）⑤ごぶさた

      1. 御無沙汰　　2. 御無久汰　　3. 御不沙久　　4. 御不沙汰

（　　　）⑥しょうじき

　　　　　1. 正直　　　　2. 正実　　　　3. 老実　　　　4. 老直

（　　　）⑦せそう

　　　　　1. 世様　　　　2. 世態　　　　3. 世相　　　　4. 世姿

（　　　）⑧たたく

　　　　　1. 畳く　　　　2. 倒く　　　　3. 叩く　　　　4. 頼く

（　　　）⑨つうしん

　　　　　1. 通心　　　　2. 通知　　　　3. 通信　　　　4. 通親

（　　　）⑩ともなう

　　　　　1. 共う　　　　2. 友う　　　　3. 伴う　　　　4. 供う

（　　　）⑪にくらしい

　　　　　1. 嬉らしい　　2. 悲らしい　　3. 憎らしい　　4. 悪らしい

（　　　）⑫ねぼう

　　　　　1. 寝頭　　　　2. 寝過　　　　3. 寝某　　　　4. 寝坊

（　　　）⑬ばっする

　　　　　1. 罪する　　　2. 害する　　　3. 処する　　　4. 罰する

（　　　）⑭ふんか

　　　　　1. 噴火　　　　2. 噴化　　　　3. 噴下　　　　4. 噴山

（　　　）⑮ほそい

　　　　　1. 細い　　　　2. 狭い　　　　3. 低い　　　　4. 弱い

（　　）⑯みにくい

       1. 臭い   2. 醜い   3. 寂い   4. 汚い

（　　）⑰めじるし

       1. 目跡   2. 目標   3. 目記   4. 目印

（　　）⑱やっかい

       1. 煩介   2. 麻介   3. 厄介   4. 応介

（　　）⑲よごれる

       1. 寄れる   2. 横れる   3. 汚れる   4. 要れる

（　　）⑳～りゅう

       1. ～派   2. ～類   3. ～流   4. ～件

（　　）㉑れんが

       1. 錬瓦   2. 煉瓦   3. 練瓦   4. 累瓦

（　　）㉒わるくち

       1. 壊口   2. 悪口   3. 割口   4. 汚口

解答

▶ (1) 次の言葉の正しい読み方を一つ選びなさい。

① 3	② 2	③ 1	④ 4	⑤ 1
⑥ 3	⑦ 2	⑧ 4	⑨ 3	⑩ 1
⑪ 2	⑫ 2	⑬ 2	⑭ 1	⑮ 2
⑯ 4	⑰ 3	⑱ 3	⑲ 3	⑳ 2
㉑ 3	㉒ 3			

▶ (2) 次の言葉の正しい漢字を一つ選びなさい。

① 4	② 3	③ 3	④ 4	⑤ 1
⑥ 1	⑦ 3	⑧ 3	⑨ 3	⑩ 3
⑪ 3	⑫ 4	⑬ 4	⑭ 1	⑮ 1
⑯ 2	⑰ 4	⑱ 3	⑲ 3	⑳ 3
㉑ 2	㉒ 2			

解析

▶ (1) 次の言葉の正しい読み方を一つ選びなさい。

(3) ①暴れる

    3. あばれる [暴れる] 0 自動 胡鬧、動粗

(2) ②薄暗い

    2. うすぐらい [薄暗い] 4 0 イ形 昏暗的、微暗的

(1) ③親指

    1. おやゆび [親指] 0 名 大姆指

(4) ④清い

    1. きかい [機会] 2 0 名 機會、最佳良機

    2. きらい [嫌い] 0 名 ナ形 討厭、不喜歡

    4. きよい [清い] 2 イ形 清澈的、純潔的、舒暢的

(1) ⑤原稿

    1. げんこう [原稿] 0 名 原稿

(3) ⑥参加

    3. さんか [参加] 0 名 參加

(2) ⑦相撲

    2. すもう [相撲] 0 名 相撲

(4) ⑧属する

    4. ぞくする [属する] 3 自動 屬於

（　3　）⑨著名

      3. ちょめい [著名] 0 **名 ナ形** 著名、有名

      4. しょめい [署名] 0 **名** 署名、簽名

（　1　）⑩天才

      1. てんさい [天才] 0 **名** 天才

（　2　）⑪縄

      1. ない [無い] 1 **イ形** 不、沒有

      2. なわ [縄] 2 **名** 繩子

      3. なみ [波] 2 **名** 波浪、波、浪潮、高低起伏

      3. なみ [並（み）] 0 **名** 普通、中等（程度）

      4. なす [為す] 1 **他動** 做、為

      4. なす [茄子] 1 **名** 茄子

（　2　）⑫温い

      2. ぬるい [温い] 2 **イ形** 溫的、溫和的

（　2　）⑬喉

      2. のど [喉] 1 **名** 喉嚨、脖子、嗓音

（　1　）⑭人差し指

      1. ひとさしゆび [人差し指] 4 **名** 食指

（　2　）⑮別

      2. べつ [別] 0 **名 ナ形** 分別、另外、例外、特別

      3. へい [塀] 0 **名** 圍牆、牆壁、柵欄

（　4　）⑯豆

    1. まあ　**1**　**感**（表驚訝或佩服，多為女性使用）哇、啊

    4. まめ [豆]　**2**　**名** 豆

（　3　）⑰六つ

    3. むっつ [六つ]　**3**　**名** 六個、六歲

（　3　）⑱最も

    3. もっとも [最も]　**3**　**副** 最

    3. もっとも [尤も]　**3　1**　**ナ形** 正確、理所當然

    3　1　**副** 當然

    3　1　**接續** 然而

（　3　）⑲夢

    3. ゆめ [夢]　**2**　**名** 夢、夢想、空想

（　2　）⑳落第

    2. らくだい [落第]　**0**　**名** 落榜、留級、沒有達到水準

（　3　）㉑留守

    3. るす [留守]　**1**　**名** 不在家、外出、忽略

（　3　）㉒録音

    3. ろくおん [録音]　**0**　**名** 錄音

▶ (2) 次の言葉の正しい漢字を一つ選びなさい。

（ 4 ）①いわ

　　　　1. たから [宝] 3 名 寶物、貴重物品

　　　　2. すな [砂] 0 名 沙子

　　　　3. いし [石] 2 名 石頭

　　　　4. いわ [岩] 2 名 岩石

（ 3 ）②えんりょ

　　　　3. えんりょ [遠慮] 0 名 客氣、推辭、拒絕

（ 3 ）③かっこう

　　　　3. かっこう [格好] 0 名 ナ形 外貌、適合

（ 4 ）④くせ

　　　　4. くせ [癖] 2 名 毛病、習慣

（ 1 ）⑤ごぶさた

　　　　1. ごぶさた [御無沙汰] 0 名 久疏問候

（ 1 ）⑥しょうじき

　　　　1. しょうじき [正直] 3 4 名 ナ形 正直、誠實

　　　　　　　　　　　　　 3 4 副 其實、老實說

（ 3 ）⑦せそう

　　　　3. せそう [世相] 0 名 世態

（ 3 ）⑧たたく

　　　　3. たたく [叩く] 2 他動 敲、詢問、攻撃

（ 3 ）⑨つうしん

　　　2. つうち [通知] 0 名 通知

　　　3. つうしん [通信] 0 名 通信、通訊

（ 3 ）⑩ともなう

　　　3. ともなう [伴う] 3 自他動 陪伴、陪同、伴隨、帶〜一起去

（ 3 ）⑪にくらしい

　　　3. にくらしい [憎らしい] 4 イ形 討厭的、憎恨的、令人羨慕的

（ 4 ）⑫ねぼう

　　　4. ねぼう [寝坊] 0 名 ナ形 睡懶覺、賴床

（ 4 ）⑬ばっする

　　　4. ばっする [罰する] 0 3 他動 處罰、定罪

（ 1 ）⑭ふんか

　　　1. ふんか [噴火] 0 名 火山噴發

（ 1 ）⑮ほそい

　　　1. ほそい [細い] 2 イ形 細的、狹窄的、微弱的

　　　2. せまい [狭い] 2 イ形 窄的

　　　3. ひくい [低い] 2 イ形 低的、矮的

　　　4. よわい [弱い] 2 イ形 軟弱的、貧乏的、不牢固的、不擅長的

（ 2 ）⑯みにくい

　　　1. くさい [臭い] 2 イ形 臭的、可疑的

　　　2. みにくい [醜い] 3 イ形 難看的、醜陋的

　　　4. きたない [汚い] 3 イ形 骯髒的、髒亂的、吝嗇的、卑鄙的

（ 4 ）⑰めじるし

    2. もくひょう [目標] 0 名 目標、標的、標記

    4. めじるし [目印] 2 名 標記、記號

（ 3 ）⑱やっかい

    3. やっかい [厄介] 1 名 ナ形 麻煩、照顧、寄宿的人、難對付的人

（ 3 ）⑲よごれる

    3. よごれる [汚れる] 0 自動 弄髒、汙染、丟臉、玷汙

（ 3 ）⑳〜りゅう

    1. は [派] 1 名 派別、派系

    3. 〜りゅう [〜流] 接尾 〜流派、〜派別

（ 2 ）㉑れんが

    2. れんが [煉瓦] 1 名 磚

（ 2 ）㉒わるくち

    2. わるくち [悪口] 2 名 說人壞話、中傷

◆あいつぐ [相次ぐ / 相継ぐ] 1 **自動** 相繼發生

◆あう [合う] 1 **自動** 準、對、合適、正確

◆あう [遭う] 1 **自動** 遇到（不好的事情）

◆あおぐ [扇ぐ] 2 **他動** 煽、煽風

◆あきる [飽きる] 2 **自動** 膩、飽、足夠

◆あきれる 0 **自動** 驚訝、嚇呆

◆あく [空く] 0 **自動** 出現空隙、空了、空缺

◆あける [明ける] 0 **自他動** 空出、天亮、過（年）

◆あこがれる [憧れる] 0 **自動** 憧憬、嚮往

◆あじわう [味わう] 3 0 **他動** 品嚐、欣賞、體驗

◆あずかる [預かる] 3 **他動** 代人保管、代為照顧、保留、暫緩

◆あたためる [暖める / 温める] 4 **他動** 加溫、弄暖和、重溫、恢復

◆あたる [当たる] 0 **自動** 碰撞、猜中、中（獎）、（陽光）照得到

◆あてはめる 4 **他動** 適用、用作、嵌入

◆あぶる 2 **他動** 烘、烤

◆あまやかす [甘やかす] 4 0 **他動** 驕縱、溺愛、寵

◆あやまる [誤る] 3 **自他動** 錯誤、搞錯、做錯、犯錯

◆あれる [荒れる] 0 **自動** 荒廢、荒唐、胡鬧、（皮膚）乾燥

◆あわてる [慌てる] 0 **自動** 慌張、驚慌

◆いいかえす [言（い）返す] 3 **他動** 頂嘴、還口

◆いいつける [言（い）付ける] 4 **他動** 吩咐、告發

◆いじめる 0 **他動** 欺負、虐待、折磨

◆いだく [抱く] 2 他動 抱、懷抱

◆いたむ [痛む] 2 自動 疼痛、痛苦、破損、腐壞

◆いためる [炒める] 3 他動 炒、煎

◆いばる [威張る] 2 自動 自負、高傲、逞威風

◆いやがる [嫌がる] 3 他動 不願意、討厭

◆いわう [祝う] 2 他動 祝賀、恭賀、慶祝、祝福

◆うえる [飢える] 2 自動 飢餓、渴望

◆うかがう [伺う] 0 他動 拜訪（「訪問する」的謙讓語）、問、請教
（「聞く」、「尋ねる」的謙讓語）

◆うかる [受かる] 2 自動 （考試）合格、考上

◆うけたまわる [承る] 5 他動 （「聞く」（聽）、「引き受ける」（接受）、
「承諾する」（承諾）、「受ける」（接受）的謙讓語）洗耳恭聽、遵
從、敬悉

◆うけとる [受（け）取る] 0 3 他動 收、領、理解

◆うしなう [失う] 0 他動 失去、迷失

◆うすめる [薄める] 0 3 他動 稀釋、沖淡

◆うたがう [疑う] 0 他動 懷疑

◆うちあわせる [打（ち）合（わ）せる] 5 0 他動 相撞、事先商量

◆うちけす [打（ち）消す] 0 3 他動 否認、消除、（音量）蓋過

◆うつす [移す] 2 他動 轉移、傳染

◆うったえる [訴える] 4 3 他動 起訴、訴說

◆うやまう [敬う] 3 他動 尊敬

◆うらぎる [裏切る] 3 他動 背叛、違背、辜負

◆うらなう [占う] 3 他動 占卜、算命

◆うらむ [恨む] 2 他動 怨恨

◆うらやむ [羨む] 3 他動 羨慕

◆うりきれる [売（り）切れる] 4 自動 售完

◆うれる [売れる] 0 自動 暢銷、受歡迎

◆える / うる [得る] 1 / 1 他動 （「得る」為「得^える」的文言文）得到、理解

◆おいかける [追（い）掛ける] 4 他動 追趕、緊接著

◆おいこす [追（い）越す] 3 他動 超越、超過

◆おいつく [追（い）付く] 3 自動 趕上、追上、來得及

◆おいでになる 5 自動 （「来る」、「行く」、「居る」的尊敬語）來、
　去、在、蒞臨

◆おう [追う] 0 他動 追趕、追求、趕走、追蹤

◆おかす [犯す] 2 0 他動 犯、違反、侵犯

◆おがむ [拝む] 2 他動 （「見る」的謙讓語）看、拜見、拜、祈求

◆おぎなう [補う] 3 他動 補、彌補、補償

◆おこる [怒る] 2 自動 生氣、罵、斥責

◆おさえる [押（さ）える] 3 2 他動 壓、按、捂住、掌握、扣押

◆おさめる [収める / 納める] 3 他動 取得、獲得、收下

◆おそわる [教わる] 0 他動 跟～學習

◆おどかす [脅かす] 0 3 他動 威脅、恐嚇

◆おどろかす [驚かす] 4 他動 震驚、轟動

◆おもいつく [思い付く] 4 0 自他動 想到

◆およぼす [及ぼす] 3 0 他動 波及、給帶來

◆おろす [下ろす / 降ろす] 2 他動 放下、提出（存款）、降下、撤掉

....

◆かえる [返る] 1 自動 返還、反射、還原

◆かかえる [抱える] 0 他動 （雙臂）交抱、背負（債務）

◆かかる [罹る] 2 自動 罹患

◆かかわる [係わる] 3 自動 涉及、拘泥

◆かきとめる [書（き）留める] 4 0 他動 寫下來、記下來

◆かく [掻く] 1 他動 搔、攪拌

◆かくれる [隠れる] 3 自動 隱藏、躲藏

◆かける [欠ける] 0 自動 欠、缺少

◆かさねる [重ねる] 0 他動 重疊、重複

◆かじる 2 他動 咬、啃、略懂

◆かせぐ [稼ぐ] 2 他動 賺錢

◆かぞえる [数える] 3 他動 數、計算

◆かたづける [片付ける] 4 他動 整理、收拾、解決

◆かたまる [固まる] 0 自動 凝固、聚集、鞏固、定型

◆かたむく [傾く] 3 自動 傾斜、傾向

◆かたよる [片寄る] 3 自動 偏、偏向、偏袒

◆かたる [語る] 0 他動 說、講、談

◆かつぐ [担ぐ] 2 他動 扛、哄騙、推舉

◆かぶせる [被せる] 3 他動 蓋、戴、套、推卸（責任）

◆かまう [構う] 2 自他動 介意、照顧、招待

◆かよう [通う] 0 自動 上下學、通（勤）、定期往返

◆からかう 3 他動 嘲弄、耍

◆かる [刈る] 0 他動 剪、剃、割

◆かわいがる [可愛がる] 4 他動 疼愛、管教

◆かわかす [乾かす] 3 他動 曬乾、烘乾、風乾

◆かわく [渇く] 2 自動 渇

◆きえる [消える] 0 自動 （燈）熄滅、消失、（雪）融化

◆きがえる [着替える] 3 他動 換衣服、換上

◆きく [効く] 0 自動 有效

◆きざむ [刻む] 0 他動 刻、雕刻、切碎、銘記（在心）

◆きづく [気付く] 2 自動 察覺、發現、注意到、清醒

◆きりはなす [切（り）離す] 0 4 他動 割開、斷開

◆くぎる [区切る] 2 他動 加標點符號、分隔成、告一段落

◆くさる [腐る] 2 自動 腐壞、生鏽、墮落、氣餒

◆くずれる [崩れる] 3 自動 崩潰、瓦解、變壞

◆くだける [砕ける] 3 自動 破碎

◆くたびれる 4 自動 累、（東西舊了變形）走樣

◆くっつける 4 他動 把～黏起來、把～合併、撮合

◆くみたてる [組（み）立てる] 4 0 他動 組裝、組織

◆くむ [組む] 1 自他動 搭擋、跟～一組、交叉、盤（腿）

◆くやむ [悔（や）む] 2 他動 後悔、哀悼

◆くれる [暮れる] 0 自動 日落、天黑

◆けす [消す] 0 他動 關（燈）、消除

◆ける [蹴る] 1 他動 踢、拒絕

◆こえる [越える / 超える] 0 自動 越過、超越、超過、跳過

◆こがす [焦がす] 2 他動 烤焦、焦急

◆こごえる [凍える] 0 自動 凍僵

◆こころえる [心得る] 4 他動 理解、答應、試過

◆こころみる [試みる] 4 他動 嘗試、企圖

◆こしかける [腰掛ける] 4 自動 坐下

◆こす [越す / 超す] 0 他動 越過、超越、超過、度過

◆こする [擦る] 2 他動 擦、摩擦、搓

◆ことづける [言付ける] 4 他動 轉達、以～為藉口

◆このむ [好む] 2 他動 喜愛、愛好

◆こぼす 2 他動 灑出、落下、抱怨

◆ころがす [転がす] 0 他動 滾動、弄翻、絆倒

◆こわす [壊す] 2 他動 弄壞、（將鈔票）找開

◆さがす [捜す / 探す] 0 他動 搜查、找

◆さかのぼる [遡る] 4 自動 回溯、追溯

◆さからう [逆らう] 3 自動 逆向、逆流、忤逆、違抗

◆さく [裂く] 1 他動 分裂、挑撥離間、撕開

◆さぐる [探る] 0 2 他動 刺探、探訪

◆ささやく [囁く] 3 0 自動 小聲說、竊竊私語

◆さしおさえる [差（し）押（さ）える] 5 0 他動 按住、扣押、查封、沒收

◆さしひかえる [差（し）控える] ５０ **自他動** 控制、節制、謝絕

◆さす [差す] １ **他動** 撐（傘）
　　　　　　 １ **自動** 照射、映射

◆さびる [錆びる] ２ **自動** 生鏽、聲音沙啞、聲音蒼老

◆さます [冷ます] ２ **他動** 弄涼、冷卻

◆さまたげる [妨げる] ４ **他動** 妨礙、阻礙

◆さめる [覚める] ２ **自動** 醒來、醒悟、冷靜

◆さる [去る] １ **自他動** 離開、過去、消失、死去、相隔、相距、除去

◆さわぐ [騒ぐ] ２ **自動** 吵鬧、騷動、慌亂

◆しあがる [仕上（が）る] ３ **自動** 做完、完成

◆しかる [叱る] ０２ **他動** 責備、罵

◆しく [敷く] ０ **他動** 鋪、墊、公布、發布、設置

◆しくむ [仕組む] ２ **他動** （情節等的）設計、企圖

◆しげる [茂る] ２ **自動** 茂盛、茂密

◆しずまる [鎮まる] ３ **自動** 氣勢變弱、（疼痛等）有所緩和

◆しずむ [沈む] ０ **自動** 沉、沉入、陷入、淪落、淡雅、樸實

◆したまわる [下回る] ４３ **自動** 減少、低於、在～以下

◆しぼる [絞る] ２ **他動** 擰、絞盡、榨、擠、把聲音調小、縮小範圍

◆しめきる [締（め）切る] ３０ **他動** 截止、結束

◆しめる [締める] ２ **他動** 繫緊、綁緊

◆しゃがむ ０ **自動** 蹲、蹲下

◆しらせる [知らせる] ０ **他動** 通知

34

考前衝刺
第二回

試 題

▼ （1）次の言葉の正しい読み方を一つ選びなさい。

（　　）①扱う

1. あらかう　　2. あつかう　　3. あかもう　　4. あいもう

（　　）②嬉しい

1. うれしい　　2. うらしい　　3. うましい　　4. うわしい

（　　）③溺れる

1. おばれる　　2. おぼれる　　3. おじれる　　4. おぐれる

（　　）④〜気味

1. 〜きも　　2. 〜ぎも　　3. 〜きみ　　4. 〜ぎみ

（　　）⑤煙い

1. けむい　　2. けもい　　3. けわい　　4. けたい

（　　）⑥爽やか

1. さんやか　　2. さわやか　　3. さもやか　　4. さおやか

（　　）⑦既に

1. すがに　　2. すでに　　3. すばに　　4. すどに

（　　）⑧早々

1. そんそん　　2. ぞんぞん　　3. そうそう　　4. ぞうぞう

（　　）⑨調味料

    1. ちゃうみりょう　　　　　　2. ちょうみりん

    3. ちょうみりょう　　　　　　4. ちゃうみりん

（　　）⑩手拭い

    1. てぬぐい　　2. てぬくい　　3. てふきい　　4. てぶきい

（　　）⑪怠ける

    1. なたける　　2. なきける　　3. なわける　　4. なまける

（　　）⑫盗む

    1. ぬさむ　　2. ぬすむ　　3. ぬこむ　　4. ぬかむ

（　　）⑬鈍い

    1. のろい　　2. のらい　　3. のそい　　4. のもい

（　　）⑭病院

    1. ひょういん　　　　　　2. びょういん

    3. ひょうえん　　　　　　4. びょうえん

（　　）⑮便秘

    1. べんひ　　2. べんび　　3. べんぴ　　4. べんみ

（　　）⑯街角

    1. まちかと　　2. まちがと　　3. まちがど　　4. まちかど

（　　）⑰紫

    1. むさらき　　2. むきさら　　3. むらさき　　4. むらきさ

（　　）⑱元

    1. もと　　　　2. もん　　　　3. もい　　　　4. もう

（　　）⑲湯飲み

    1. ゆわみ　　　2. ゆおみ　　　3. ゆなみ　　　4. ゆのみ

（　　）⑳欄

    1. らむ　　　　2. らく　　　　3. らい　　　　4. らん

（　　）㉑老化

    1. ろすか　　　2. ろんか　　　3. ろうか　　　4. ろしか

▶ （2）次の言葉の正しい漢字を一つ選びなさい。

（　　）①いさましい

    1. 痛ましい　　2. 偉ましい　　3. 勇ましい　　4. 忙ましい

（　　）②えのぐ

    1. 画の具　　　2. 顔の具　　　3. 絵の具　　　4. 枝の具

（　　）③かこむ

    1. 包む　　　　2. 囲む　　　　3. 周む　　　　4. 画む

（　　）④くじょう

    1. 苦満　　　　2. 苦状　　　　3. 苦性　　　　4. 苦情

（　　）⑤こぎって

    1. 小支手　　　2. 小切符　　　3. 小支票　　　4. 小切手

（　　）⑥しゅみ

　　　　1. 趣魅　　　　2. 趣味　　　　3. 興趣　　　　4. 種味

（　　）⑦せいび

　　　　1. 整準　　　　2. 整備　　　　3. 整置　　　　4. 整護

（　　）⑧たしょう

　　　　1. 加減　　　　2. 大小　　　　3. 多少　　　　4. 太少

（　　）⑨つうか

　　　　1. 流価　　　　2. 流貨　　　　3. 通価　　　　4. 通貨

（　　）⑩どろぼう

　　　　1. 泥防　　　　2. 泥坊　　　　3. 泥某　　　　4. 泥棒

（　　）⑪にごる

　　　　1. 煮る　　　　2. 濁る　　　　3. 似る　　　　4. 握る

（　　）⑫ねらう

　　　　1. 寝う　　　　2. 願う　　　　3. 定う　　　　4. 狙う

（　　）⑬はなはだしい

　　　　1. 甚だしい　　2. 膨だしい　　3. 著だしい　　4. 沢だしい

（　　）⑭ふたん

　　　　1. 負担　　　　2. 請担　　　　3. 承担　　　　4. 扶担

（　　）⑮ほうめん

　　　　1. 方目　　　　2. 方免　　　　3. 方向　　　　4. 方面

（　　）⑯みなれる

      1. 見熟れる   2. 見慣れる   3. 見習れる   4. 見成れる

（　　）⑰めいしょ

      1. 名勝   2. 名称   3. 名所   4. 名処

（　　）⑱やぶる

      1. 打る   2. 壊る   3. 破る   4. 傷る

（　　）⑲よっぱらい

      1. 酔っ支い   2. 酔っ払い   3. 酔っ伝い   4. 酔っ飲い

（　　）⑳りこう

      1. 利口   2. 聡口   3. 賢口   4. 明口

（　　）㉑れいぎ

      1. 礼節   2. 礼儀   3. 礼義   4. 礼貌

（　　）㉒わる

      1. 打る   2. 開る   3. 割る   4. 破る

解答

▶ **(1) 次の言葉の正しい読み方を一つ選びなさい。**

① 2	② 1	③ 2	④ 4	⑤ 1
⑥ 2	⑦ 2	⑧ 3	⑨ 3	⑩ 1
⑪ 4	⑫ 2	⑬ 1	⑭ 2	⑮ 3
⑯ 4	⑰ 3	⑱ 1	⑲ 4	⑳ 4
㉑ 3				

▶ **(2) 次の言葉の正しい漢字を一つ選びなさい。**

① 3	② 3	③ 2	④ 4	⑤ 4
⑥ 2	⑦ 2	⑧ 3	⑨ 4	⑩ 4
⑪ 2	⑫ 4	⑬ 1	⑭ 1	⑮ 4
⑯ 2	⑰ 3	⑱ 3	⑲ 2	⑳ 1
㉑ 2	㉒ 3			

解析

▶ (1) 次の言葉の正しい読み方を一つ選びなさい。

（ 2 ）①扱う

2. あつかう [扱う] 0 3 他動 處理、操作、對待、調解、說和

（ 1 ）②嬉しい

1. うれしい [嬉しい] 3 イ形 高興的、開心的

（ 2 ）③溺れる

2. おぼれる [溺れる] 0 自動 淹、溺、沉迷

（ 4 ）④〜気味

4. 〜ぎみ [〜気味] 接尾 有〜傾向、有〜的樣子

（ 1 ）⑤煙い

1. けむい [煙い] 0 2 イ形 薰人的、嗆人的

（ 2 ）⑥爽やか

2. さわやか [爽やか] 2 ナ形 清爽、爽朗

（ 2 ）⑦既に

2. すでに [既に] 1 副 已經

（ 3 ）⑧早々

3. そうそう [早々] 0 名 匆忙

0 副 剛〜就〜

（ 3 ）⑨調味料

3. ちょうみりょう [調味料] 3 名 調味料

（ 1 ）⑩手拭い

    1. てぬぐい [手拭い] 0 名 和風布巾

（ 4 ）⑪怠ける

    4. なまける [怠ける] 3 他動 懶惰

（ 2 ）⑫盗む

    2. ぬすむ [盗む] 2 他動 偷竊、抽空

（ 1 ）⑬鈍い

    1. のろい [鈍い] 2 イ形 緩慢的、遲鈍的、磨蹭的

（ 2 ）⑭病院

    2. びょういん [病院] 0 名 醫院

（ 3 ）⑮便秘

    3. べんぴ [便秘] 0 名 便祕

（ 4 ）⑯街角

    4. まちかど [街角] 0 名 街角、街頭

（ 3 ）⑰紫

    3. むらさき [紫] 2 名 紫色、紫草、醬油

（ 1 ）⑱元

    1. もと [元] 1 名 以前、從前

    2. もん [門] 1 名 門、家、家族

    4. もう１０副 已經、即將、更加

（ 4 ）⑲湯飲み

    4. ゆのみ [湯飲み] 3 名 茶杯

43

（ 4 ）⑳欄

    2. らく [楽] 2 名 ナ形 安樂、舒適、寬裕、輕鬆

    4. らん [欄] 1 名 欄杆、表格欄位、專欄

（ 3 ）㉑老化

    3. ろうか [老化] 0 名 老化、衰老

    3. ろうか [廊下] 0 名 走廊、沿著溪谷的山徑

▶ （2）次の言葉の正しい漢字を一つ選びなさい。

（ 3 ）①いさましい

    3. いさましい [勇ましい] 4 イ形 勇敢的、大膽的

（ 3 ）②えのぐ

    3. えのぐ [絵（の）具] 0 名 顏料

（ 2 ）③かこむ

    1. つつむ [包む] 2 他動 包、包圍、包含、隱藏

    2. かこむ [囲む] 0 他動 包圍

（ 4 ）④くじょう

    4. くじょう [苦情] 0 名 （訴）苦、不滿

（ 4 ）⑤こぎって

    4. こぎって [小切手] 2 名 支票

（ 2 ）⑥しゅみ

    2. しゅみ [趣味] 1 名 興趣、嗜好

（ 2 ）⑦せいび

    2. せいび [整備] 1 名 配備、維修、保養

（ 3 ）⑧たしょう

    1. かげん [加減] 0 1 名 加減（運算）、適度、狀況

    2. だいしょう [大小] 1 名 大小

    3. たしょう [多少] 0 名 多少

              0 副 稍微、一些

（ 4 ）⑨つうか

    4. つうか [通貨] 1 名 （流通的）貨幣

（ 4 ）⑩どろぼう

    4. どろぼう [泥棒] 0 名 小偷

（ 2 ）⑪にごる

    1. にる [煮る] 0 他動 煮、燉、熬、燜

    2. にごる [濁る] 2 自動 渾濁、不清晰、起邪念、混亂、發濁音

    3. にる [似る] 0 自動 相似、像

    4. にぎる [握る] 0 他動 握、抓、掌握

（ 4 ）⑫ねらう

    2. ねがう [願う] 2 他動 請求、願望、祈禱

    4. ねらう [狙う] 0 他動 瞄準、尋找～的機會

（ 1 ）⑬はなはだしい

    1. はなはだしい [甚だしい] 5 イ形 甚、非常的

（　1　）⑭ふたん

　　　　1. ふたん [負担] 0 名 承擔、負擔

（　4　）⑮ほうめん

　　　　3. ほうこう [方向] 0 名 方向、方針

　　　　4. ほうめん [方面] 3 名 地區、方向、領域

（　2　）⑯みなれる

　　　　2. みなれる [見慣れる] 0 3 自動 眼熟

（　3　）⑰めいしょ

　　　　2. めいしょう [名称] 0 名 名稱

　　　　3. めいしょ [名所] 0 3 名 名勝

（　3　）⑱やぶる

　　　　3. やぶる [破る] 2 他動 弄破、破壊、打破、違反、打敗、傷害

（　2　）⑲よっぱらい

　　　　2. よっぱらい [酔っ払い] 0 名 喝醉的人、醉漢

（　1　）⑳りこう

　　　　1. りこう [利口] 0 名 ナ形 聰明、伶俐、機伶

（　2　）㉑れいぎ

　　　　2. れいぎ [礼儀] 3 名 禮節、謝禮

（　3　）㉒わる

　　　　3. わる [割る] 0 他動 切開、劈開、打破、切割、破壊、分配、
　　　　（除法）除以～

　　　　4. やぶる [破る] 2 他動 弄破、破壊、打破、違反、打敗、傷害

◆すきとおる [透き通る] 3 自動 透明、清澈、清脆

◆すく [空く] 0 自動 空、空腹、空閒、通暢

◆すくう [救う] 0 他動 救、拯救、獲救

◆すぐれる [優れる] 3 自動 優秀、卓越、（狀態）佳

◆すずむ [涼む] 2 自動 乘涼、納涼

◆すすめる [勧める] 0 他動 勸

◆すべる [滑る] 2 自動 滑、打滑、落榜

◆すませる [済ませる] 3 他動 完成

◆すむ [澄む / 清む] 1 自動 清澈、清脆、純淨、清靜

◆すむ [済む] 1 自動 完成、結束

◆ずらす 2 他動 挪、錯開

◆すれちがう [すれ違う] 4 0 自動 錯過、走岔

◆ずれる 2 自動 偏離、錯位

◆せおう [背負う] 2 他動 背、背負

◆せっする [接する] 3 0 自他動 接觸、連接、接待、接上、接連

◆せまる [迫る] 2 自他動 逼近、逼迫、強迫

◆せめる [攻める] 2 他動 攻打

◆せめる [責める] 2 他動 譴責

◆そう [沿う] 0 1 自動 沿著、按照、符合

◆そう [添う] 0 1 自動 增添、跟隨、結婚

◆そそぐ [注ぐ] 0 2 自他動 注入、流入、澆

◆そだつ [育つ] 2 自動 成長、發育、進步

◆そだてる [育てる] 3 他動 養育、培養

◆そなえる [備える / 具える] 3 他動 設置、準備、具備

◆それる [逸れる] 2 自動 偏、錯開、偏離

◆そろう [揃う] 2 自動 一致、齊全、到齊

◆そろえる [揃える] 3 他動 使一致、使整齊、備齊

◆たおす [倒す] 2 他動 打倒、弄倒

◆たおれる [倒れる] 3 自動 倒下、病倒、倒塌

◆たく [炊く] 0 他動 煮（飯）

◆たく [焚く] 0 他動 燒、焚

◆だく [抱く] 0 他動 懷抱、抱持著

◆たしかめる [確かめる] 4 他動 確認

◆たす [足す] 0 他動 加

◆たすかる [助かる] 3 自動 得救、脫險、得到幫助

◆たずねる [尋ねる] 3 他動 問、打聽、尋找

◆たたかう [戦う] 0 自動 戰鬥、戰爭、競賽

◆たたむ [畳む] 0 他動 折疊

◆たちあがる [立（ち）上がる] 0 4 自動 站起來、振作、冒（煙）

◆たちつくす [立（ち）尽（く）す] 4 0 自動 始終站著、站到最後

◆たちどまる [立（ち）止（ま）る] 0 4 自動 停下腳步、停住、站住

◆たつ [発つ] 1 自動 出發、離開

◆たつ [経つ] 1 自動 （時間）過去、流逝、經過

◆たっする [達する] ０３ 自他動 到達、傳達、接近、達成

◆たてる [立てる] ２ 他動 豎起、冒、作聲、制定

◆たてる [建てる] ２ 他動 建造、建立

◆たどる [辿る] ２０ 他動 邊摸索邊走、跟著～走

◆だます ２ 他動 欺騙

◆たまる [溜まる] ０ 自動 堆積

◆だまる [黙る] ２ 自動 沉默

◆ためらう ３ 自動 躊躇、猶豫

◆たよる [頼る] ２ 自他動 依靠、拄（枴杖）

◆ちかう [誓う] ０２ 他動 發誓

◆ちかづく [近付く] ３０ 自動 靠近、接近、親近、相似

◆ちかづける [近付ける] ４０ 他動 靠近、讓～靠近

◆ちかよる [近寄る] ３０ 自動 靠近

◆ちぎる ２ 他動 撕碎、摘下

◆ちぢむ [縮む] ０ 自動 縮短、收縮

◆ちぢめる [縮める] ０ 他動 縮小、縮短

◆ちぢれる [縮れる] ０ 自動 卷起來、翹起來、起皺褶

◆ちらかす [散らかす] ０ 他動 （把東西弄得）散落一地、亂七八糟

◆ちらす [散らす] ０ 他動 散落、飄落、落下、（精神）渙散

◆ちる [散る] ０ 自動 凋零、散落

◆つかまえる [捕まえる] ０ 他動 捕捉、抓住

◆つかまる [捕まる] ０ 自動 被逮捕、被抓住

◆つかむ [掴む] 2 他動 抓住

◆つきあう [付（き）合う] 3 自動 交往、陪同

◆つきあたる [突（き）当（た）る] 4 自動 撞上、衝突、到盡頭、碰到

◆つく [付く] １ ２ 自動 黏上、染上、增添、附加

◆つく [就く] １ ２ 自動 就、從事、師事、跟隨

◆つく [点く] １ ２ 自動 點燃、開（燈）

◆つく [突く] ０ １ 他動 戳、刺、敲（鐘）、刺激

◆つぐ [次ぐ] ０ 自動 緊接著、僅次於

◆つぐ [注ぐ] ０ ２ 他動 倒入、斟

◆つける [着ける] 2 他動 就、入席、穿、安裝

◆つげる [告げる] 0 他動 告訴、通知、宣告、報告

◆つっこむ [突っ込む] 3 自他動 衝進、戳入、插進、深究、干涉

◆つとめる [勤める / 務める] 3 自他動 工作、擔任

◆つぶす [潰す] 0 他動 毀掉、弄壞、搞垮、取消、丟（臉）、失（面子）

◆つまずく ０ ３ 自動 被跘倒、敗在～

◆つまる [詰まる] 2 自動 塞滿、堵住、為難、縮短、緊迫

◆つめる [詰める] 2 自他動 裝滿、填、擠、憋、節省、值勤、集中

◆つもる [積もる] ２ ０ 自動 堆積、累積

◆つれる [釣れる] 0 自動 （魚）上鉤、容易釣

◆であう [出会う / 出合う] 2 自動 邂逅、遇見、見到

◆できあがる [出来上（が）る] ０ ４ 自動 完成

◆てきする [適する] 3 自動 適用、適合、符合

◆でむかえる [出迎える] ０４ 他動 迎接

◆てる [照る] １ 自動 （日光、月光）照耀、照亮、晴天

◆といかえす [問（い）返す] ３ 他動 重問、再問、反問

◆といかける [問（い）掛ける] ４０ 他動 問、打聽、開始問

◆とおりかかる [通り掛（か）る] ５０ 自動 剛好路過、偶然經過

◆とかす [溶かす] ２ 他動 溶化、溶解

◆とけこむ [溶（け）込む] ０３ 自動 溶入、融入、融洽

◆とける [解ける] ２ 自動 解開、解除

◆どける [退ける] ０ 他動 移開、挪開、搬移

◆とじる [閉じる] ２ 自他動 關、閉

◆とどける [届ける] ３ 他動 送交、呈上、呈報、申報

◆ととのえる [整える] ４３ 他動 整理

◆どなる ２ 自動 怒斥、大罵

◆とばす [飛ばす] ０ 他動 疾駛、跳過、散播（謠言）、開（玩笑）

◆とびだす [飛（び）出す] ３ 自動 起飛、衝出去、凸出

◆とまる [泊まる] ０ 自動 投宿、停泊

◆とりあつかう [取（り）扱う] ０５ 他動 操縱、辦理、對待

◆とりけす [取（り）消す] ０３ 他動 收回（說過的話）、取消、撤回、廢除

◆なおす [直す] ２ 他動 修改、修理、恢復、重做

◆なおす [治す] ２ 他動 治療

◆ながす [流す] ２ 自他動 沖走、倒、使漂浮、撤消、散布

◆ながびく [長引く] 3 自動 拖長、延遲

◆ながめる [眺める] 3 他動 眺望、凝視

◆ながれる [流れる] 3 自動 流、流動、傳播、趨向

◆なくす [無くす] 0 他動 丟掉、消滅

◆なくす [亡くす] 0 他動 死去

◆なくなる [無くなる] 0 自動 遺失、盡、消失

◆なくなる [亡くなる] 0 自動 去世

◆なぐる [殴る] 2 他動 毆打

◆なさる 2 他動 （「する」、「なる」的尊敬語）為、做

◆なでる [撫でる] 2 他動 撫摸

◆なやむ [悩む] 2 自動 煩惱、感到痛苦

◆ならう [倣う] 2 自動 模仿、效法

◆ならす [鳴らす] 0 他動 鳴、出名、嘮叨

◆なる [生る] 1 自動 結果、成熟

◆なれる [馴れる] 2 自動 親近、混熟

◆にあう [似合う] 2 自動 合適、相稱

◆におう [匂う] 2 自動 散發香味、隱約發出

◆にがす [逃がす] 2 他動 放、沒有抓住、錯過

◆にくむ [憎む] 2 他動 憎恨、厭惡

◆ぬう [縫う] 1 他動 縫紉、縫合、穿過

◆ぬぐ [脱ぐ] 1 他動 脫掉

◆ぬける [抜ける] 0 自動 脫落、漏掉、退出

◆ぬらす [濡らす] 0 他動 浸溼、沾溼

◆ねじる 2 他動 扭轉、捻

◆ねっする [熱する] 0 3 自他動 發熱、加熱、熱衷

◆のこす [残す] 2 他動 留下、遺留、殘留

◆のこる [残る] 2 自動 留下、留傳（後世）、殘留、剩下

◆のせる [載せる] 0 他動 載運、裝上、放、刊登

◆のぞく [覗く] 0 自他動 露出、窺視、往下望、瞧瞧

◆のぞく [除く] 0 他動 消除、除外

◆のぞむ [望む] 0 2 他動 眺望、期望、要求

◆のばす [伸ばす / 延ばす] 2 他動 留、伸展、延長、拖延

◆のびる [伸びる / 延びる] 2 自動 伸長、舒展、擦匀、延長、擴大

◆のぼる [上る / 昇る / 登る] 0 自動 攀登、上升、高升、達到、被提出

◆のりかえる [乗（り）換える] 4 3 自他動 轉乘、倒換、改行

◆はいる [入る] 1 自動 進入、混有、參加、容納、收入

◆はう [這う] 1 自動 爬、攀緣

◆はえる [生える] 2 自動 生、長

◆はがす [剥がす] 2 他動 剝下、撕下

◆はかる [計る / 量る / 測る] 2 他動 量、衡量、測量、估計

◆はく [穿く] 0 他動 穿（裙子、褲子）

◆はく [履く] 0 他動 穿（鞋類）

考前衝刺

第三回

▶ 試題

▶ 解答

▶ 解析

▶ 考前5天
把這些重要的動詞都記起來吧！

▶ **（1）次の言葉の正しい読み方を一つ選びなさい。**

（　　）①争う

　　　　1. あらそう　　2. あらとう　　3. あかそう　　4. あかとう

（　　）②奪う

　　　　1. うはう　　2. うばう　　3. うかう　　4. うがう

（　　）③泳ぐ

　　　　1. おおぐ　　2. おまぐ　　3. およぐ　　4. おかぐ

（　　）④絹

　　　　1. きの　　2. きぬ　　3. きね　　4. きわ

（　　）⑤月末

　　　　1. けつもう　　2. けつまつ　　3. げつまつ　　4. げつもう

（　　）⑥騒がしい

　　　　1. さわがしい　　　　　　2. さいがしい

　　　　3. さんがしい　　　　　　4. さくがしい

（　　）⑦頭脳

　　　　1. ずねう　　2. ずのう　　3. ずもう　　4. ずすう

（　　）⑧率直

　　　　1. そうちょく　　　　　　2. そんちょく

　　　　3. そいちょく　　　　　　4. そっちょく

（　　）⑨中年

    1. ちょうねん　　　　　　　　2. ちょうどし

    3. ちゅうねん　　　　　　　　4. ちゅうどし

（　　）⑩弟子

    1. てこ　　　2. でこ　　　3. てし　　　4. でし

（　　）⑪慰める

    1. ながさめる　　　　　　　2. なぐさめる

    3. なぎさめる　　　　　　　4. なごさめる

（　　）⑫布

    1. ぬい　　　2. ぬの　　　3. ぬこ　　　4. ぬも

（　　）⑬軒

    1. のい　　　2. のと　　　3. のさ　　　4. のき

（　　）⑭美人

    1. ひにん　　2. びにん　　3. びしん　　4. びじん

（　　）⑮平凡

    1. へいはん　2. へいぼん　3. へいばん　4. へいほん

（　　）⑯摩擦

    1. まする　　2. ますう　　3. まさこ　　4. まさつ

（　　）⑰虫歯

    1. むしは　　2. むしば　　3. むいは　　4. むいば

（　　）⑱物語

      1. ものかたり　　　　　　　　2. ものがたり

      3. ものかだり　　　　　　　　4. ものがだり

（　　）⑲譲る

      1. ゆかる　　　2. ゆがる　　　3. ゆする　　　4. ゆずる

（　　）⑳来賓

      1. らいびん　　2. らいひん　　3. らいじん　　4. らいしん

（　　）㉑労働

      1. ろんどう　　2. ろんどん　　3. ろうどう　　4. ろうどん

▶ （2）次の言葉の正しい漢字を一つ選びなさい。

（　　）①いいかげん

      1. いい加減　　2. いい増減　　3. いい下減　　4. いい可減

（　　）②えがく

      1. 企く　　　　2. 会く　　　　3. 絵く　　　　4. 描く

（　　）③かがやく

      1. 耀く　　　　2. 閃く　　　　3. 輝く　　　　4. 照く

（　　）④くふう

      1. 工夫　　　　2. 供風　　　　3. 工風　　　　4. 供夫

（　　）⑤ころぶ

      1. 倒ぶ　　　　2. 転ぶ　　　　3. 回ぶ　　　　4. 誤ぶ

(　　)⑥しろうと

　　　　1. 外人　　　　2. 素人　　　　3. 素徒　　　　4. 外徒

(　　)⑦ぜいかん

　　　　1. 税関　　　　2. 税官　　　　3. 勢関　　　　4. 勢官

(　　)⑧だいどころ

　　　　1. 台所　　　　2. 台厨　　　　3. 台処　　　　4. 台場

(　　)⑨つぎつぎに

　　　　1. 連々に　　　2. 付々に　　　3. 接々に　　　4. 次々に

(　　)⑩とがる

　　　　1. 尖る　　　　2. 敏る　　　　3. 鋭る　　　　4. 突る

(　　)⑪にってい

　　　　1. 日程　　　　2. 日定　　　　3. 日画　　　　4. 日予

(　　)⑫ねんれい

　　　　1. 年間　　　　2. 年霊　　　　3. 年礼　　　　4. 年齢

(　　)⑬はなよめ

　　　　1. 花嫁　　　　2. 花娘　　　　3. 花妻　　　　4. 花女

(　　)⑭ふんいき

　　　　1. 雰位気　　　2. 雰囲気　　　3. 雰井気　　　4. 雰居気

(　　)⑮ほろぶ

　　　　1. 破ぶ　　　　2. 断ぶ　　　　3. 絶ぶ　　　　4. 滅ぶ

（　　）⑯みごと

       1. 看言　　　　2. 看事　　　　3. 見言　　　　4. 見事

（　　）⑰めった

       1. 滅大　　　　2. 滅多　　　　3. 滅太　　　　4. 滅汰

（　　）⑱やど

       1. 宅　　　　　2. 住　　　　　3. 家　　　　　4. 宿

（　　）⑲よっか

       1. 二日　　　　2. 四日　　　　3. 八日　　　　4. 九日

（　　）⑳りょうし

       1. 漁師　　　　2. 漁士　　　　3. 漁夫　　　　4. 漁志

（　　）㉑れつ

       1. 伴　　　　　2. 伶　　　　　3. 列　　　　　4. 住

（　　）㉒わびる

       1. 輪びる　　　2. 謝びる　　　3. 罪びる　　　4. 詫びる

解答

▶ **(1) 次の言葉の正しい読み方を一つ選びなさい。**

① 1　② 2　③ 3　④ 2　⑤ 3

⑥ 1　⑦ 2　⑧ 4　⑨ 3　⑩ 4

⑪ 2　⑫ 2　⑬ 4　⑭ 4　⑮ 2

⑯ 4　⑰ 2　⑱ 2　⑲ 4　⑳ 2

㉑ 3

▶ **(2) 次の言葉の正しい漢字を一つ選びなさい。**

① 1　② 4　③ 3　④ 1　⑤ 2

⑥ 2　⑦ 1　⑧ 1　⑨ 4　⑩ 1

⑪ 1　⑫ 4　⑬ 1　⑭ 2　⑮ 4

⑯ 4　⑰ 2　⑱ 4　⑲ 2　⑳ 1

㉑ 3　㉒ 4

解析

▼ (1) 次の言葉の正しい読み方を一つ選びなさい。

(1) ①争う

    1. あらそう [争う] 3 他動 爭吵、爭取、競爭、爭奪、戰鬥

(2) ②奪う

    2. うばう [奪う] 2 0 他動 奪、消耗

(3) ③泳ぐ

    3. およぐ [泳ぐ] 2 自動 游泳、穿越（人群）

(2) ④絹

    2. きぬ [絹] 1 名 （蠶）絲、絲綢、絲織品

(3) ⑤月末

    3. げつまつ [月末] 0 名 月底

(1) ⑥騒がしい

    1. さわがしい [騒がしい] 4 イ形 喧嘩的、吵鬧的、騒動的

(2) ⑦頭脳

    2. ずのう [頭脳] 1 名 頭腦

(4) ⑧率直

    4. そっちょく [率直] 0 名 ナ形 坦率、爽快

(3) ⑨中年

    3. ちゅうねん [中年] 0 名 中年

（　4　）⑩弟子

  4. でし [弟子] ２ 名 徒弟

（　2　）⑪慰める

  2. なぐさめる [慰める] ４ 他動 安慰、慰問

（　2　）⑫布

  2. ぬの [布] ０ 名 布

（　4　）⑬軒

  4. のき [軒] ０ 名 屋簷

（　4　）⑭美人

  4. びじん [美人] １ ０ 名 美女

（　2　）⑮平凡

  2. へいぼん [平凡] ０ 名 ナ形 平凡、平庸

（　4　）⑯摩擦

  4. まさつ [摩擦] ０ 名 摩擦

（　2　）⑰虫歯

  2. むしば [虫歯] ０ 名 蛀牙、齲齒

（　2　）⑱物語

  2. ものがたり [物語] ３ 名 談話、故事、傳説

（　4　）⑲譲る

  4. ゆずる [譲る] ０ 他動 譲渡、謙讓、賣出、譲歩

（　2　）⑳来賓

　　　　2. らいひん [来賓] 0 **名** 來賓

（　3　）㉑労働

　　　　3. ろうどう [労働] 0 **名** 勞動

▶ (2) 次の言葉の正しい漢字を一つ選びなさい。

（　1　）①いいかげん

　　　　1. いいかげん [いい加減] 0 **ナ形** 隨便、敷衍、不徹底

　　　　　　　　　　　　　　0 **副** 相當、頗

　　　　　　　　　　　　連語 適度、適當

（　4　）②えがく

　　　　4. えがく [描く] 2 **他動** 畫、描繪

（　3　）③かがやく

　　　　3. かがやく [輝く] 3 **自動** 閃耀

（　1　）④くふう

　　　　1. くふう [工夫] 0 **名** 設想、辦法

（　2　）⑤ころぶ

　　　　2. ころぶ [転ぶ] 0 **自動** 跌倒、滾動

（　2　）⑥しろうと

　　　　1. がいじん [外人] 0 **名** 外國人

　　　　2. しろうと [素人] 1　2 **名** 外行人

（ 1 ） ⑦ぜいかん

    1. ぜいかん [税関] 0 名 海關

（ 1 ） ⑧だいどころ

    1. だいどころ [台所] 0 名 廚房

（ 4 ） ⑨つぎつぎに

    4. つぎつぎに [次々に] 2 副 接二連三、陸續

（ 1 ） ⑩とがる

    1. とがる [尖る] 2 自動 尖、尖銳、敏銳、敏感

（ 1 ） ⑪にってい

    1. にってい [日程] 0 名 每天的計畫

（ 4 ） ⑫ねんれい

    1. ねんかん [年間] 0 名 年代、時期、一年

    4. ねんれい [年齢] 0 名 年齡

（ 1 ） ⑬はなよめ

    1. はなよめ [花嫁] 2 名 新娘

（ 2 ） ⑭ふんいき

    2. ふんいき [雰囲気] 3 名 氣氛

（ 4 ） ⑮ほろぶ

    4. ほろぶ [滅ぶ] 2 0 自動 滅亡、滅絕

（ 4 ） ⑯みごと

    4. みごと [見事] 1 ナ形 副 漂亮、好看、精采、出色、完全

（ 2 ）⑰めった

　　　2. めった [滅多] 1 ナ形 任意、胡亂

（ 4 ）⑱やど

　　　1. たく [宅] 0 名 家、住宅

　　　3. いえ [家] 2 名 房子

　　　3. うち [家] 0 名 家、房子

　　　4. やど [宿] 1 名 住家、自宅、旅途住宿的地方、當家的人

（ 2 ）⑲よっか

　　　1. ふつか [二日] 0 名 二號、二日

　　　2. よっか [四日] 0 名 四號、四日

　　　3. ようか [八日] 0 名 八號、八日

　　　4. ここのか [九日] 4 名 九號、九日

（ 1 ）⑳りょうし

　　　1. りょうし [漁師] 1 名 漁夫

（ 3 ）㉑れつ

　　　3. れつ [列] 1 名 行列、同伴、數列

（ 4 ）㉒わびる

　　　4. わびる [詫びる] 2 0 自動 道歉、賠罪

◆はく [掃く] 1 **他動** 打掃

◆はく [吐く] 1 **他動** 吐出、嘔吐、噴出、吐露

◆はげます [励ます] 3 **他動** 鼓勵、激勵

◆はさまる [挟まる] 3 **自動** 夾、卡

◆はさむ [挟む] 2 **他動** 夾

◆はしる [走る] 2 **自動** 跑、行駛、綿延、掠過、轉向、追求

◆はずす [外す] 0 **他動** 取下、解開、錯過、離開、除去、躲過

◆はずれる [外れる] 0 **自動** 脫落、偏離、不中、落空、除去

◆はたらく [働く] 0 **自他動** 工作、勞動、起作用、活動

◆はなしあう [話し合う] 4 **他動** 談話、商量、談判

◆はなしかける [話し掛ける] 5 0 **他動** 跟人說話、攀談、開始說

◆はなす [離す] 2 **他動** 放開、間隔

◆はなす [放す] 2 **自他動** 放掉、置之不理

◆はなれる [離れる] 3 **自動** 分離、間隔、離開

◆はなれる [放れる] 3 **自動** 脫離

◆はねる [跳ねる] 2 **自動** 跳、飛濺、散場、裂開

◆はぶく [省く] 2 **他動** 除去、節省、省略

◆はめる 0 **他動** 鑲、嵌、戴上、欺騙

◆はやる [流行る] 2 **自動** 流行、興旺、蔓延

◆はらいこむ [払（い）込む] 4 0 **他動** 繳納、交納

◆はらいもどす [払（い）戻す] 5 0 **他動** 退還

◆はりきる [張（り）切る] 3 自動 拉緊、繃緊、緊張、精神百倍

◆はる [張る] 0 自他動 拉、覆蓋、裝滿、膨脹、挺、伸展

◆はれる [晴れる] 2 自動 放晴、消散、消除、愉快

◆ひえる [冷える] 2 自動 變冷、感覺冷、變冷淡

◆ひかる [光る] 2 自動 發光、出類拔萃

◆ひきうける [引（き）受ける] 4 他動 負責、答應、保證、接受

◆ひきかえす [引（き）返す] 3 自動 返回、折回

◆ひきだす [引（き）出す] 3 他動 抽出、拉出、引出、提取

◆ひきとめる [引（き）止める] 4 他動 制止、拉住、挽留、阻止

◆ひく [引く] 0 自他動 拉、拖、減去、減價、劃線、吸引、查（字典）、引用

◆ひっかかる [引っ掛かる] 4 自動 掛上、卡住、牽連、上當、沾

◆ひっかける [引っ掛ける] 4 他動 掛上、披上、勾引、喝酒、借機會

◆ひっくりかえす [引っ繰り返す] 5 他動 弄倒、翻過來、推翻

◆ひっくりかえる [引っ繰り返る] 5 自動 翻倒、顛倒過來

◆ひっこむ [引っ込む] 3 自動 縮進、退隱、凹入

◆ひっぱる [引っ張る] 3 他動 拉、扯、帶領、引誘、強拉走

◆ひねる [捻る] 2 他動 擰、扭、殺、絞盡腦汁、別出心裁

◆ひびく [響く] 2 自動 傳出聲音、響亮、影響

◆ひやす [冷やす] 2 他動 冰鎮、冰、使～冷靜

◆ひろがる [広がる] 0 自動 擴大、拓寬、展現、蔓延

◆ひろげる [広げる] 0 他動 擴大、拓寬、攤開

◆ひろめる [広める] 3 他動 擴大、普及、宣揚

◆ふかまる [深まる] 3 自動 加深、變深

◆ふく [拭く] 0 他動 擦、抹、拭

◆ふくむ [含む] 2 他動 含、帶有、包括、考慮

◆ふくらます [膨らます] 0 他動 使鼓起來

◆ふくらむ [膨らむ] 0 自動 鼓起、膨脹、凸起

◆ふさがる [塞がる] 0 自動 關、塞、占用

◆ふさぐ [塞ぐ] 0 自他動 堵、填、擋、占地方、盡責、鬱悶

◆ふざける 3 自動 開玩笑、戲弄、打鬧

◆ふせぐ [防ぐ] 2 他動 防止、預防

◆ぶつ 1 他動 打、擊、演講

◆ぶつかる 0 自動 碰、撞、遇上、爭吵、直接試試、趕上

◆ふりむく [振（り）向く] 3 自他動 回頭、理睬

◆ふるまう [振（る）舞う] 3 自他動 行動、請客、招待

◆へこむ [凹む] 0 自動 凹下、陷下、無精打采

◆へだてる [隔てる] 3 他動 隔開、間隔、遮擋、離間

◆へる [減る] 0 自動 減少、下降、磨損、餓

◆へる [経る] 1 自動 經過、路過、經由

◆ほうる [放る] 0 他動 扔、丟開、不理睬

◆ほえる 2 自動 吼叫、咆哮

◆ほどく 2 他動 解開、拆開

◆ほほえむ [微笑む] 3 自動 微笑、花（初開）

◆ほる [掘る] 1 他動 挖掘、刨

◆ほる [彫る] 1 他動 雕刻、紋身

◆まいる [参る] 1 自他動 「行く」（去）及「来る」（來）的謙讓語及禮貌語、參拜、認輸、受不了、死、迷戀、敬呈、「食べる」（吃）及「飲む」（喝）的尊敬語

◆まかせる [任せる] 3 他動 任憑、聽任、順其自然

◆まがる [曲がる] 0 自動 彎曲、轉彎、傾斜、（心術）不正

◆まく [巻く] 0 自他動 捲、擰、包圍、盤據、纏繞

◆まく [撒く] 1 他動 撒、散布

◆まける [負ける] 0 自動 輸、過敏、減價、贈送、忍讓、聽從

◆まげる [曲げる] 0 他動 彎曲、扭曲、抑制

◆まざる [混ざる / 交ざる] 2 自動 混合

◆まじる [混じる / 交じる] 2 自動 夾雜、混入、攙

◆ます [増す] 0 自他動 （數量、程度）增加、優越、增長

◆またぐ 2 他動 跨、跨過

◆まつる [祭る] 0 他動 祭祀、供奉

◆まとめる 0 他動 匯集、整理、解決、完成

◆まねく [招く] 2 他動 招手、招待、招致

◆まねる [真似る] 0 他動 模仿

◆まわる [回る] 0 自動 旋轉、轉動、繞圈、依序移動、繞道、時間流逝

◆みあげる [見上げる] ０３ 他動 仰望、景仰

◆みおくる [見送る] ０ 他動 送行、目送、送終、觀望、錯失

◆みおろす [見下ろす] ０３ 他動 俯瞰、蔑視

◆みがく [磨く] ０ 他動 擦、刷、修飾、鍛鍊

◆みこむ [見込む] ０２ 他動 期待、預料、估計、緊盯

◆みだれる [乱れる] ３ 自動 雜亂、紊亂、混亂、動盪

◆みちる [満ちる] ２ 自動 充滿、滿月、滿潮、期滿

◆みつける [見付ける] ０ 他動 發現、發覺、眼熟

◆みつめる [見詰める] ０３ 他動 凝視

◆みなおす [見直す] ０３ 他動 重看、再檢討、改觀、（病況、景氣）好轉

◆みのる [実る] ２ 自動 結果

◆むかつく ０ 自動 反胃、噁心、想吐、發怒、生氣

◆むく [向く] ０ 自動 轉向、面向、意向、相稱、趨向、服從

◆むく [剥く] ０ 他動 剝除

◆むす [蒸す] １ 自動 蒸、感覺潮濕悶熱

◆むすびつける [結び付ける] ５ 他動 栓上、連結

◆めいじる／めいずる [命じる／命ずる] ０３／０３ 他動 命令、任命、命名

◆めぐまれる [恵まれる] ０４ 自動 受惠、幸運

◆めぐる [巡る] ０ 自動 繞、循環、周遊、迴轉、輪迴、時間流逝

◆めざす [目指す] ２ 他動 目標、目的

◆めだつ [目立つ] ２ 自動 顯眼、醒目

◆もうかる [儲かる] 3 自動 賺錢、獲利

◆もうける [儲ける] 3 他動 獲利、得子

◆もうしこむ [申（し）込む] 4 0 他動 提議、提出、預約

◆もうす [申す] 1 自動 （「言う」的謙讓語）說、（「願う」、「請う」
的謙讓語）請求、（「する」、「行う」的謙讓語）做

◆もえる [燃える] 0 自動 著火、燃燒、發亮

◆もぐる [潜る] 2 自動 潛入（水底）、鑽入、潛伏

◆もたれる 3 他動 依靠、消化不良、依賴

◆もちあげる [持（ち）上げる] 0 他動 舉起、奉承

◆もちいる [用いる] 3 0 他動 使用、錄用、採用、用心、必要

◆もどす [戻す] 2 他動 回到（原點）、回復（原狀）、倒退、嘔吐、
回復（水準）

◆もとめる [求める] 3 他動 追求、尋求、要求、購買

◆ものがたる [物語る] 4 他動 講述、說明

◆もやす [燃やす] 0 他動 燃燒

◆もる [盛る] 0 1 他動 盛、裝、堆積、調製、以文章表現思想、標記刻度

◆やく [焼く] 0 他動 焚燒、燒烤、燒製、日晒、腐蝕、烙印、操心

◆やくす／やくする [訳す／訳する] 2／3 他動 翻譯、解釋

◆やくだつ [役立つ] 3 自動 有用、有效

◆やける [焼ける] 0 自動 燒、燙、烤、加熱、晒、操心、（胸）悶

◆やせる [痩せる] 0 自動 瘦、（土壤）貧瘠

◆やっつける 4 他動 打敗、擊倒、（強調語氣）做完、幹完

◆やとう [雇う] 2 他動 僱用、利用

◆やぶれる [破れる] 3 自動 破裂、破損、破壞、破滅、負傷

◆やむ [止む] 0 自動 停止、終止、中止

◆やめる [止める] 0 他動 中止、作罷、病癒、戒掉

◆やめる [辞める] 0 他動 辭職

◆ゆでる 2 他動 煮、熱敷

◆ゆるす [許す] 2 他動 原諒、容許、赦免、承認、釋放、鬆懈

◆ゆれる [揺れる] 0 自動 晃動、動搖、動盪

◆よう [酔う] 1 自動 酒醉、暈（車、船）、陶醉

◆よこす 2 他動 寄送、交遞、派來

◆よごす [汚す] 2 0 他動 弄髒、玷汙、玷辱

◆よせる [寄せる] 0 自他動 靠近、集中、吸引、加、投（身）

◆よびかける [呼（び）掛ける] 4 他動 號召、喚起、呼籲

◆よびだす [呼（び）出す] 3 他動 傳喚、呼喚、邀請

◆よぶ [呼ぶ] 0 他動 呼喊、喊叫、邀請、引起、稱呼、招致

◆よる [寄る] 0 自動 接近、靠近、聚集、年齡增長、順道

◆よろこぶ [慶ぶ / 喜ぶ] 3 自動 開心、喜悅、祝福、樂意

◆わかす [沸かす] 0 他動 使～沸騰、讓～興奮、讓（金屬）熔解、讓～發酵

◆わかれる [分かれる / 別れる] 3 自動 區別、分歧、差異、離開、離婚

◆わく [沸く] 0 自動 沸騰、水勢激烈、興奮

◆わく [湧く] 0 自動 湧出、噴出、長出、產生、鼓起

◆わける [分ける] 2 自動 分割、分類、區分、仲裁、判斷、分配、撥開

◆わたす [渡す] 0 他動 渡河、搭、交遞、給予

◆わたる [渡る] 0 自動 度過、經過、度日、拿到

◆わらう [笑う] 0 自他動 笑、嘲笑、（衣服、花朵）綻開

◆わりふる [割（り）振る] 3 他動 分派、分攤

◆われる [割れる] 0 自動 破壞、碎裂、分裂、裂開、除盡

考前衝刺

第四回

試題

(1) 次の言葉の正しい読み方を一つ選びなさい。

(　　) ①医療

1. いみょう　2. いにょう　3. いりょう　4. いきょう

(　　) ②衛生

1. えいせん　2. えいせい　3. えきせん　4. えきせい

(　　) ③頑丈

1. がんしょう　2. がんちょう

3. がんじょう　4. がんぎょう

(　　) ④繰り返す

1. くりはんす　2. くりばんす

3. くりかえす　4. くりがえす

(　　) ⑤校庭

1. こうてん　2. こうてい　3. こうにわ　4. こうにく

(　　) ⑥縛る

1. しわる　2. しはる　3. しばる　4. しがる

(　　) ⑦扇子

1. せんこ　2. せいこ　3. せいす　4. せんす

(　　) ⑧蓄える

1. たくわえる　2. たかわえる

3. たしなえる　4. たまなえる

（　　）⑨一日

1. ついひ　　　2. ついじつ　　　3. ついたち　　　4. ついにち

（　　）⑩特殊

1. とくしゃ　　2. とくじゃ　　　3. とくしゅ　　　4. とくじゅ

（　　）⑪睨む

1. にまむ　　　2. にらむ　　　3. にこむ　　　4. にすむ

（　　）⑫年中

1. ねんじゅう　2. ねんなか　　　3. ねんちゅう　4. ねんちょう

（　　）⑬俳句

1. はんき　　　2. はいす　　　3. はんく　　　4. はいく

（　　）⑭普通

1. ふつう　　　2. ふこう　　　3. ふとん　　　4. ふとお

（　　）⑮朗らか

1. ほげらか　　2. ほぐらか　　　3. ほごらか　　　4. ほがらか

（　　）⑯見舞う

1. みまう　　　2. みもう　　　3. みこう　　　4. みよう

（　　）⑰迷信

1. めいこん　　2. めいちん　　　3. めいしん　　　4. めいすん

（　　）⑱夜間

1. やかい　　　2. やかん　　　3. やあい　　　4. やあん

（　　）⑲予防

      1. よはん　　　2. よばん　　　3. よほう　　　4. よぼう

（　　）⑳両側

      1. りょうかわ　　　　　　2. りょうがわ

      3. りょうそば　　　　　　4. りょうぞば

（　　）㉑例外

      1. れいそと　　2. れいぞと　　3. れいかい　　4. れいがい

（　　）㉒我々

      1. わりわり　　2. われわれ　　3. わうわう　　4. わかわか

▶ （2）次の言葉の正しい漢字を一つ選びなさい。

（　　）①あんがい

      1. 暗外　　　2. 安外　　　3. 案外　　　4. 意外

（　　）②うけつけ

      1. 受付　　　2. 受接　　　3. 受問　　　4. 受待

（　　）③おじぎ

      1. 御敬礼　　2. 御敬儀　　3. 御辞儀　　4. 御辞礼

（　　）④きらく

      1. 気軽　　　2. 気松　　　3. 気快　　　4. 気楽

（　　）⑤けさ

      1. 今早　　　2. 今朝　　　3. 現早　　　4. 現朝

(　　) ⑥さけ

    1. 泊   2. 波   3. 酒   4. 洋

(　　) ⑦すじ

    1. 朋   2. 肺   3. 肌   4. 筋

(　　) ⑧そる

    1. 剃る   2. 備る   3. 添る   4. 卒る

(　　) ⑨ちょうしょ

    1. 長処   2. 長所   3. 長点   4. 長署

(　　) ⑩てらす

    1. 輝らす   2. 灯らす   3. 照らす   4. 程らす

(　　) ⑪なかなおり

    1. 和直り   2. 中直り   3. 和直り   4. 仲直り

(　　) ⑫ぬく

    1. 濡く   2. 脱く   3. 抜く   4. 盗く

(　　) ⑬のぞみ

    1. 求み   2. 願み   3. 望み   4. 要み

(　　) ⑭ひにく

    1. 火肉   2. 風肉   3. 刺肉   4. 皮肉

(　　) ⑮べんきょう

    1. 努強   2. 便強   3. 勉強   4. 必強

（　　）⑯まちあいしつ

     1. 等合室　　　2. 等会室　　　3. 待合室　　　4. 待会室

（　　）⑰むだ

     1. 無徒　　　2. 無駄　　　3. 無用　　　4. 無浪

（　　）⑱もみじ

     1. 林葉　　　2. 森葉　　　3. 黄葉　　　4. 紅葉

（　　）⑲ゆにゅう

     1. 輸入　　　2. 輪入　　　3. 軒入　　　4. 軌入

（　　）⑳らいにち

     1. 礼日　　　2. 赴日　　　3. 来日　　　4. 落日

（　　）㉑ろうか

     1. 廊家　　　2. 廊化　　　3. 廊下　　　4. 廊架

解答

▶ **(1) 次の言葉の正しい読み方を一つ選びなさい。**

①	3	②	2	③	3	④	3	⑤	2
⑥	3	⑦	4	⑧	1	⑨	3	⑩	3
⑪	2	⑫	1	⑬	4	⑭	1	⑮	4
⑯	1	⑰	3	⑱	2	⑲	4	⑳	2
㉑	4	㉒	2						

▶ **(2) 次の言葉の正しい漢字を一つ選びなさい。**

①	3	②	1	③	3	④	4	⑤	2
⑥	3	⑦	4	⑧	1	⑨	2	⑩	3
⑪	4	⑫	3	⑬	3	⑭	4	⑮	3
⑯	3	⑰	2	⑱	4	⑲	1	⑳	3
㉑	3								

解析

▼（1）次の言葉の正しい読み方を一つ選びなさい。

（ 3 ）①医療

    3. いりょう [医療] １０ 名 醫療

（ 2 ）②衛生

    2. えいせい [衛生] ０ 名 衛生

（ 3 ）③頑丈

    3. がんじょう [頑丈] ０ ナ形 強壯、結實、堅固

（ 3 ）④繰り返す

    3. くりかえす [繰（り）返す] ３０ 他動 反覆、重複

（ 2 ）⑤校庭

    2. こうてい [校庭] ０ 名 （學校的）操場、校園

（ 3 ）⑥縛る

    3. しばる [縛る] ２ 他動 束縛、受限、綁

    4. しまる [閉まる] ２ 自動 關閉

（ 4 ）⑦扇子

    4. せんす [扇子] ０ 名 扇子

（ 1 ）⑧蓄える

    1. たくわえる [蓄える] ４３ 他動 貯蓄、貯備

（ 3 ）⑨一日

　　　3. ついたち [一日] 4 名 一號、一日、元旦

（ 3 ）⑩特殊

　　　3. とくしゅ [特殊] 0 名 ナ形 特殊

（ 2 ）⑪睨む

　　　2. にらむ [睨む] 2 他動 盯視、怒目而視、仔細觀察、估計

（ 1 ）⑫年中

　　　1. ねんじゅう [年中] 1 名 副 全年、一年到頭

（ 4 ）⑬俳句

　　　4. はいく [俳句] 0 名 俳句

（ 1 ）⑭普通

　　　1. ふつう [普通] 0 名 ナ形 普通、平常

　　　　　　　　　　　0 副 一般

　　　2. ふこう [不幸] 2 名 ナ形 不幸、倒楣

　　　3. ふとん [布団] 0 名 被子

（ 4 ）⑮朗らか

　　　4. ほがらか [朗らか] 2 ナ形 開朗、爽快

（ 1 ）⑯見舞う

　　　1. みまう [見舞う] 2 0 他動 探病、賑災、訪問、巡視

（ 3 ）⑰迷信

　　　3. めいしん [迷信] 0 3 名 迷信、誤信

（ 2 ）⑱夜間

      2. やかん [夜間] １０ 名 夜間

      2. やかん [薬缶] ０ 名 （金屬製的）水壺

（ 4 ）⑲予防

      3. よほう [予報] ０ 名 預報、天氣預報

      4. よぼう [予防] ０ 名 預防

（ 2 ）⑳両側

      2. りょうがわ [両側] ０ 名 兩側

（ 4 ）㉑例外

      4. れいがい [例外] ０ 名 例外

（ 2 ）㉒我々

      2. われわれ [我々] ０ 名 一個一個

                                ０ 代 我們、我

▎(2) 次の言葉の正しい漢字を一つ選びなさい。

（ 3 ）①あんがい

      3. あんがい [案外] １０ 名 ナ形 副 意外、沒想到

      4. いがい [意外] ０１ 名 ナ形 意外

（ 1 ）②うけつけ

      1. うけつけ [受付] ０ 名 受理、詢問處（櫃檯）、接待室

（ 3 ）③おじぎ

      3. おじぎ [御辞儀] ０ 名 敬禮、鞠躬、客氣

（ 4 ） ④きらく

    4. きらく [気楽] 0 **ナ形** 輕鬆、自在、安逸

（ 2 ） ⑤けさ

    2. けさ [今朝] 1 **名** 今早

（ 3 ） ⑥さけ

    2. なみ [波] 2 **名** 波浪、波、浪潮、高低起伏

    3. さけ [酒] 0 **名** 酒

（ 4 ） ⑦すじ

    2. はい [肺] 0 **名** 肺

    3. はだ [肌] 1 **名** 肌膚、表面、氣質

    4. すじ [筋] 1 **名** 大綱、概要、素質、筋、腱

（ 1 ） ⑧そる

    1. そる [剃る] 1 **他動** 剃、刮

（ 2 ） ⑨ちょうしょ

    2. ちょうしょ [長所] 1 **名** 長處、優點

（ 3 ） ⑩てらす

    3. てらす [照らす] 0 2 **他動** 照耀、依照

（ 4 ） ⑪なかなおり

    4. なかなおり [仲直り] 3 **名** 和好

（ 3 ） ⑫ぬく

    3. ぬく [抜く] 0 **他動** 抽出、超過、去除

（　3　）⑬のぞみ

　　　　3. のぞみ [望み] 0 名 希望、要求、抱負

（　4　）⑭ひにく

　　　　4. ひにく [皮肉] 0 名 ナ形 挖苦、諷刺、令人啼笑皆非

（　3　）⑮べんきょう

　　　　3. べんきょう [勉強] 0 名 用功、讀書、經驗

（　3　）⑯まちあいしつ

　　　　3. まちあいしつ [待合室] 3 名 （候診、候車）等候室

（　2　）⑰むだ

　　　　2. むだ [無駄] 0 名 ナ形 徒勞、無用、浪費

（　4　）⑱もみじ

　　　　4. もみじ [紅葉] 1 名 秋天樹葉轉紅、槭樹科植物的統稱

（　1　）⑲ゆにゅう

　　　　1. ゆにゅう [輸入] 0 名 進口、引進

（　3　）⑳らいにち

　　　　3. らいにち [来日] 0 名 （外國人）赴日

（　3　）㉑ろうか

　　　　3. ろうか [廊下] 0 名 走廊、沿著溪谷的山徑

◆あいず [合図] 1 名 信號、暗號

◆あいて [相手] 3 名 對方、對象、搭擋

◆あかり [明かり] 0 名 光線、燈

◆あくしゅ [握手] 1 名 握手、和解、和好

◆あくび 0 名 哈欠

◆あけがた [明け方] 0 名 黎明

◆あしあと [足跡] 3 名 足跡、腳印、歷程、功績

◆あたりまえ 0 名 ナ形 理所當然、應該

◆あっしゅく [圧縮] 0 名 壓縮、縮短

◆あてな [宛て名] 0 名 收件人、收件地址

◆いき / ゆき [行き] 0 / 0 名 去的路上、往～

◆いきもの [生き物] 3 2 名 生物

◆いくじ [育児] 1 名 育兒

◆いじ [維持] 1 名 維持

◆いじわる [意地悪] 3 2 名 ナ形 壞心眼、使壞、心術不正（的人）

◆いと [糸] 1 名 線、絲、弦、線索

◆うちあわせ [打（ち）合（わ）せ] 0 名 事先商量、事前磋商

◆うりあげ [売（り）上げ] 0 名 業績、營業額

◆うわさ [噂] 0 名 謠言、傳聞

◆うんてん [運転] 0 名 運轉（機器）、運用（資金）

◆えがお [笑顔] 1 名 笑臉

◆えきたい [液体] 0 名 液體、液態

◆えさ [餌] 2 0 名 餌、飼料、誘餌

◆えんじょ [援助] 1 名 援助

◆えんぜつ [演説] 0 名 演說、演講

◆おい [甥] 0 名 姪子、外甥

◆おうえん [応援] 0 名 聲援、支持、幫助

◆おうだん [横断] 0 名 橫越、橫跨

◆おおや [大家] 1 名 房東、屋主

◆おもいきり [思い切り] 0 名 死心、斷念
　　　　　　　　　　　　0 副 盡量地、充分地

◆おもて [表] 3 名 表面、正面、公開、正統、屋外

◆かいけい [会計] 0 名 結帳、會計

◆かいさつ [改札] 0 名 剪票、驗票

◆がいしゅつ [外出] 0 名 外出

◆かいどく [買（い）得] 0 名 買得便宜、買得合算

◆かえり [帰り] 3 名 回程、回來

◆かきとり [書（き）取り] 0 名 記錄、聽寫、默寫

◆かくりつ [確率] 0 名 機率、隨機

◆かげ [陰] 1 名 陰涼處、背後、暗地

◆かけざん [掛（け）算] 2 名 乘法

◆かけつ [可決] 0 名 贊成、通過

◆かしだし [貸し出し] 0 名 貸款、貸出

◆かしょ [箇所] 1 名 部分、地方

◆かたみち [片道] 0 名 單程、單方面

◆がまん [我慢] 1 名 忍耐

◆かんじょう [勘定] 3 名 計算、數、結帳、付款

◆かんちがい [勘違い] 3 名 誤會、誤認

◆きがえ [着替え] 0 名 更衣、（指預備換上的）衣服

◆ききて [聞（き）手] 0 名 聽者

◆きげん [機嫌] 0 名 ナ形 心情、情緒、近況、愉快

◆きじ [生地] 1 名 本性、素質、（未加工的）布料

◆きっかけ 0 名 契機、動機

◆きふ [寄付] 1 名 捐款

◆きゅうち [窮地] 1 名 困境

◆きゅうよ [給与] 1 名 津貼、工資、待遇、分發

◆きょうぎ [競技] 1 名 競技、比賽

◆きょうしゅく [恐縮] 0 名 惶恐、過意不去、慚愧

◆ぐあい [具合] 0 名 狀況

◆くみあい [組合] 0 名 組合、合作社、工會

◆けいじ [掲示] 0 名 公布、布告

◆けが [怪我] 2 名 傷、受傷、過失

◆けち 1 名 ナ形 小氣鬼、吝嗇、小心眼

◆けっかん [欠陥] 0 名 缺陷、問題

◆けはい [気配] 1 2 名 感覺、樣子、情形、跡象

◆けんとう [見当] 3 名 估計、推測、大約、方向

◆こころあたり [心当（た）り] 4 名 線索

◆ごちそう [ご馳走] 0 名 款待、盛筵

◆こづかい [小遣い] 1 名 零用錢

◆ことばづかい [言葉遣い] 4 名 用詞、措詞、表達

◆ことわざ [諺] 0 名 諺語

....

◆さいじつ [祭日] 0 名 節日、節慶、祭典、祭禮、祭祀日

◆さいそく [催促] 1 名 催促

◆さいちゅう [最中] 1 名 副 正在～、在～、正中央、（最精采的階段）高潮

◆さいわい [幸い] 0 名 ナ形 副 幸好、慶幸

◆さかい [境] 2 名 邊境、境界

◆さきほど [先程] 0 名 不久前、剛剛

◆さくじょ [削除] 1 名 刪除

◆ざしき [座敷] 3 名 （鋪著榻榻米的房間）和室

◆ざせき [座席] 0 名 座位

◆さっとう [殺到] 0 名 蜂擁而至

◆さばく [砂漠] 0 名 沙漠

◆さべつ [差別] 1 名 歧視、差別

◆さむけ [寒気] 3 名 發冷、寒意、寒氣

◆さゆう [左右] 1 名 左右、兩側、支配、影響

◆さんそ [酸素] 1 名 氧氣

◆しえん [支援] 0 名 支援

◆しかた [仕方] 0 名 辦法、方法

◆しきち [敷地] 0 名 （建築用的）場地

◆しきゅう [至急] 0 名 緊急、急速

◆じこ [自己] 1 名 自己、自身

◆じさん [持参] 0 名 攜帶、帶去

◆じしん [自身] 1 名 自己、自身

◆したがき [下書き] 0 名 草稿、底稿、原稿

◆したく [支度 / 仕度] 0 名 準備

◆しつぼう [失望] 0 名 失望

◆しつもん [質問] 0 名 問題

◆じどう [児童] 1 名 兒童

◆しなもの [品物] 0 名 物品、商品

◆すいせん [推薦] 0 名 推薦

◆すえっこ [末っ子] 0 名 老么

◆すき 0 名 縫隙、空閒

◆すききらい [好き嫌い] 2 3 名 好惡、挑剔

◆ずつう [頭痛] 0 名 頭痛、擔心、煩惱

◆せいかい [正解] 0 名 正確解答

◆ぜいきん [税金] 0 名 稅金

◆せいげん [制限] 3 名 限制

◆せいねんがっぴ [生年月日] 5 名 出生年月日

◆せつぞく [接続] 0 名 連接、接續

◆ぜつめつ [絶滅] 0 名 滅絕

◆せりふ [台詞] 0 名 台詞

◆せんろ [線路] 1 名 線路、（火車、電車等的）軌道

◆そうい [相違] 0 名 差別、不符合、差異

◆そうおん [騒音] 0 名 噪音

◆そうりょう [送料] 1 3 名 運費、郵資

◆そくたつ [速達] 0 名 快遞

··

◆たいおう [対応] 0 名 對應、符合

◆だいきん [代金] 1 0 名 （買方付給賣方的）貨款

◆たいくつ [退屈] 0 名 ナ形 無聊、厭倦

◆たいざい [滞在] 0 名 停滯、滯留

◆たいはん [大半] 0 3 名 大部分、超過一半

◆たいら [平ら] 0 名 ナ形 平地、隨意坐、穩重

◆たがい [互い] 0 名 互相、彼此

◆ただ 1 名 免費、普通、平常

◆たたかい [戦い] 0 名 戰鬥、比賽

◆たちいり [立（ち）入り] 0 名 進入

◆たちば [立場] 1 3 名 立場

◆だっせん [脱線] 0 名 （電車等）脫軌、（言行）反常、離題

◆だとう [妥当] 0 名 ナ形 妥當、妥善、適合

◆ためいき [溜息] 3 名 嘆息

◆ためし [試し] 3 名 試、嘗試

◆たんしょ [短所] 1 名 缺點

◆だんぼう [暖房] 0 名 暖氣

◆ちかごろ [近頃] 2 名 近來、這些日子

◆ちゅうもん [注文] 0 名 訂購

◆ちょうし [調子] 0 名 情況、狀況

◆ちょうだい 3 0 名 收下、給我

◆ちょきん [貯金] 0 名 存款

◆ちょくご [直後] 1 0 名 ～之後不久、正後方

◆ちょくぜん [直前] 0 名 ～前不久、正前方

◆つうちょう [通帳] 0 名 存摺、帳本

◆つうろ [通路] 1 名 通路、通道

◆つきあたり [突（き）当（た）り] 0 名 盡頭

◆つごう [都合] 0 名 方便、緣故、安排

◆つとめ [勤め / 務め] 3 名 任務、義務、工作

◆つながり [繋がり] 0 名 關係、關連、血緣關係

◆つよき [強気] 0 名 ナ形 剛強、強硬、（行情）看漲

◆でいりぐち [出入り口] 3 名 出入口

◆できあがり [出来上（が）り] 0 名 完成

◆できごと [出来事] 2 名 事件

◆てじな [手品] 1 名 （變）魔術、（耍）把戲

考前衝刺
第五回

▼ （1）次の言葉の正しい読み方を一つ選びなさい。

（　　）①居眠り

　　　　1. いなもり　　2. いねもり　　3. いなむり　　4. いねむり

（　　）②園芸

　　　　1. えんけい　　2. えんげい　　3. えいげい　　4. えいけい

（　　）③監督

　　　　1. かんたく　　2. かんだく　　3. かんどく　　4. かんとく

（　　）④果物

　　　　1. くたもの　　2. くだもの　　3. くたぶつ　　4. くだぶつ

（　　）⑤恋しい

　　　　1. こいしい　　2. こうしい　　3. こんしい　　4. こわしい

（　　）⑥辛抱強い

　　　　1. しんばうつよい　　　　　2. しんばうづよい

　　　　3. しんぼうつよい　　　　　4. しんぼうづよい

（　　）⑦石油

　　　　1. せきあ　　2. せきゆ　　3. せきう　　4. せきよ

（　　）⑧便り

　　　　1. たより　　2. たいり　　3. たんり　　4. たかり

（　　）⑨〜辛い

　　　　1. 〜つよい　　2. 〜づよい　　3. 〜つらい　　4. 〜づらい

（　　）⑩努力

　　　　1. とりょく　　2. どりょく　　3. とりき　　　4. どりき

（　　）⑪虹

　　　　1. にじ　　　　2. にぞ　　　　3. にば　　　　4. にご

（　　）⑫熱心

　　　　1. ねつしん　　2. ねっしん　　3. ねつごころ　4. ねっこん

（　　）⑬反する

　　　　1. はいする　　2. はんする　　3. はきする　　4. はくする

（　　）⑭太る

　　　　1. ふえる　　　2. ふよる　　　3. ふとる　　　4. ふもる

（　　）⑮骨

　　　　1. ほね　　　　2. ほま　　　　3. ほか　　　　4. ほし

（　　）⑯蜜

　　　　1. みつ　　　　2. みち　　　　3. みこ　　　　4. みし

（　　）⑰目安

　　　　1. めあん　　　2. めわん　　　3. めやす　　　4. めおす

（　　）⑱家主

　　　　1. やるじ　　　2. やぬし　　　3. やおも　　　4. やしゅ

（　　）⑲余裕

　　　　1. よやう　　　2. よゆう　　　3. よろう　　　4. よこう

（　　）⑳利用

　　　　1. りよう　　　2. りよん　　　3. りもち　　　4. りもん

（　　）㉑歴史

　　　　1. れきし　　　2. れいし　　　3. れきす　　　4. れいす

（　　）㉒話題

　　　　1. わだい　　　2. わてい　　　3. わたき　　　4. わでき

▶ (2) 次の言葉の正しい漢字を一つ選びなさい。

（　　）①あたま

　　　　1. 脳　　　　　2. 頬　　　　　3. 顔　　　　　4. 頭

（　　）②うえき

　　　　1. 種木　　　　2. 樹木　　　　3. 植木　　　　4. 殖木

（　　）③おとる

　　　　1. 劣る　　　　2. 至る　　　　3. 悪る　　　　4. 折る

（　　）④きのどく

　　　　1. 木の毒　　　2. 気の得　　　3. 木の得　　　4. 気の毒

（　　）⑤けんちょう

　　　　1. 県府　　　　2. 県政　　　　3. 県庁　　　　4. 県町

（　　）⑥さっそく

    1. 立刻　　　　2. 立速　　　　3. 早速　　　　4. 早刻

（　　）⑦すがた

    1. 態　　　　　2. 様　　　　　3. 姿　　　　　4. 勢

（　　）⑧ぞくしゅつ

    1. 続発　　　　2. 続出　　　　3. 続生　　　　4. 続起

（　　）⑨ちじん

    1. 熟仁　　　　2. 熟人　　　　3. 知仁　　　　4. 知人

（　　）⑩てくび

    1. 手身　　　　2. 手足　　　　3. 手腕　　　　4. 手首

（　　）⑪なっとく

    1. 成得　　　　2. 納豆　　　　3. 納得　　　　4. 生得

（　　）⑫ぬれる

    1. 着れる　　　2. 脱れる　　　3. 濡れる　　　4. 能れる

（　　）⑬のうりつ

    1. 効率　　　　2. 能率　　　　3. 納率　　　　4. 計率

（　　）⑭ひとこと

    1. 一話　　　　2. 一語　　　　3. 一句　　　　4. 一言

（　　）⑮へや

    1. 家屋　　　　2. 辺屋　　　　3. 房屋　　　　4. 部屋

（　　　）⑯まじめ

      1. 誠実目   2. 真実目   3. 誠面目   4. 真面目

（　　　）⑰むかえる

      1. 迎える   2. 歓える   3. 喜える   4. 慶える

（　　　）⑱もむ

      1. 練む   2. 推む   3. 按む   4. 揉む

（　　　）⑲ゆたか

      1. 充か   2. 富か   3. 満か   4. 豊か

（　　　）⑳らく

      1. 楽   2. 快   3. 興   4. 高

（　　　）㉑〜ろん

      1. 〜学   2. 〜糧   3. 〜説   4. 〜論

解答

▶ (1) 次の言葉の正しい読み方を一つ選びなさい。

① 4　② 2　③ 4　④ 2　⑤ 1

⑥ 4　⑦ 2　⑧ 1　⑨ 4　⑩ 2

⑪ 1　⑫ 2　⑬ 2　⑭ 3　⑮ 1

⑯ 1　⑰ 3　⑱ 2　⑲ 2　⑳ 1

㉑ 1　㉒ 1

▶ (2) 次の言葉の正しい漢字を一つ選びなさい。

① 4　② 3　③ 1　④ 4　⑤ 3

⑥ 3　⑦ 3　⑧ 2　⑨ 4　⑩ 4

⑪ 3　⑫ 3　⑬ 2　⑭ 4　⑮ 4

⑯ 4　⑰ 1　⑱ 4　⑲ 4　⑳ 1

㉑ 4

解析

(1) 次の言葉の正しい読み方を一つ選びなさい。

(4) ①居眠り

4. いねむり [居眠り] 3 名 打瞌睡

(2) ②園芸

1. えんけい [円形] 0 名 圓形

2. えんげい [園芸] 0 名 園藝

(4) ③監督

4. かんとく [監督] 0 名 導演、監督、教練

(2) ④果物

2. くだもの [果物] 2 名 水果

(1) ⑤恋しい

1. こいしい [恋しい] 3 イ形 眷戀的、愛慕的、懷念的

(4) ⑥辛抱強い

4. しんぼうづよい [辛抱強い] 6 イ形 有耐心的、能忍耐的

(2) ⑦石油

2. せきゆ [石油] 0 名 石油

(1) ⑧便り

1. たより [便り] 1 名 信、音訊、消息

（ 4 ）⑨～辛い

    4. ～づらい [～辛い] 接尾 難以～、不便～

（ 2 ）⑩努力

    2. どりょく [努力] 1 名 努力

（ 1 ）⑪虹

    1. にじ [虹] 0 名 彩虹

（ 2 ）⑫熱心

    2. ねっしん [熱心] 1 3 名 ナ形 熱心、熱誠

（ 2 ）⑬反する

    2. はんする [反する] 3 自動 違反、相反、造反

（ 3 ）⑭太る

    1. ふえる [増える / 殖える] 2 自動 增加

    3. ふとる [太る] 2 自動 胖、發福、發財

（ 1 ）⑮骨

    1. ほね [骨] 2 名 ナ形 骨頭、骨架、核心、骨氣、費力氣的事

    3. ほか [他 / 外] 0 名 別處、外地、別的、除了～以外

    4. ほし [星] 0 名 星星、星號、明星、輸贏、命運、斑點

（ 1 ）⑯蜜

    1. みつ [蜜] 1 名 蜂蜜、花蜜、甜的液體

    2. みち [道] 0 名 道路、途徑、距離、道理、方法

（ 3 ）⑰目安

    3. めやす [目安] 0 1 名 標準、目標、條文

（ 2 ）⑱家主

    2. やぬし [家主] １０ 名 一家之主、屋主、房東

（ 2 ）⑲余裕

    2. よゆう [余裕] 0 名 餘裕、從容

（ 1 ）⑳利用

    1. りよう [利用] 0 名 利用、運用

（ 1 ）㉑歴史

    1. れきし [歴史] 0 名 歷史、來歷、史學

（ 1 ）㉒話題

    1. わだい [話題] 0 名 話題

▶ (2) 次の言葉の正しい漢字を一つ選びなさい。

（ 4 ）①あたま

    1. のう [脳] １ 名 腦、腦筋

    2. ほほ / ほお [頬] １ / １ 名 臉、臉頰

    3. かお [顔] 0 名 臉、表情

    4. あたま [頭] ３２ 名 頭、頭腦

（ 3 ）②うえき

    3. うえき [植木] 0 名 種在庭院或花盆內的樹、盆栽

（ 1 ）③おとる

    1. おとる [劣る] ０２ 自動 差、劣

    2. いたる [至る] 2 自動 抵達、到

    4. おる [折る] 1 他動 摺疊、折斷、彎（腰）、折服

104

（ 4 ）④きのどく

    4. きのどく [気の毒] ３４ 名 ナ形 可憐、可惜、（對他人）過意不去

（ 3 ）⑤けんちょう

    3. けんちょう [県庁] １０ 名 縣政府

（ 3 ）⑥さっそく

    3. さっそく [早速] ０ 名 ナ形 副 立刻、馬上、趕緊

（ 3 ）⑦すがた

    2. さま [様] ２ 名 樣子、情況、模樣

           ２ 代 你、那位

    3. すがた [姿] １ 名 模樣、樣子、姿態

（ 2 ）⑧ぞくしゅつ

    2. ぞくしゅつ [続出] ０ 名 連續發生、不斷發生

（ 4 ）⑨ちじん

    4. ちじん [知人] ０ 名 熟人、朋友

（ 4 ）⑩てくび

    4. てくび [手首] １ 名 手腕

（ 3 ）⑪なっとく

    2. なっとう [納豆] ３ 名 納豆（蒸後發酵的黃豆）

    3. なっとく [納得] ０ 名 理解、同意

（ 3 ）⑫ぬれる

    3. ぬれる [濡れる] 0 **自動** 淋溼、沾溼

（ 2 ）⑬のうりつ

    2. のうりつ [能率] 0 **名** 效率、勞動生產率

（ 4 ）⑭ひとこと

    4. ひとこと [一言] 2 **名** 一句話、三言兩語

（ 4 ）⑮へや

    1. かおく [家屋] 1 **名** 住家、房屋

    4. へや [部屋] 2 **名** 房間、屋子

（ 4 ）⑯まじめ

    4. まじめ [真面目] 0 **名** **ナ形** 認真、實在、有誠意

（ 1 ）⑰むかえる

    1. むかえる [迎える] 0 **他動** 迎接、迎合、歡迎、迎擊

（ 4 ）⑱もむ

    4. もむ [揉む] 0 **他動** 揉、按摩、擁擠、推擠、爭論、鍛鍊

（ 4 ）⑲ゆたか

    4. ゆたか [豊か] 1 **ナ形** 豐富、富裕、充實、豐滿

（ 1 ）⑳らく

    1. らく [楽] 2 **名** **ナ形** 安樂、舒適、寬裕、輕鬆

（ 4 ）㉑〜ろん

    4. 〜ろん [〜論] **接尾** 〜論、〜學說

◆てつづき [手続き] 2 名 手續、程序

◆てつや [徹夜] 0 名 熬夜

◆てまえ [手前] 0 名 眼前、本領

◆でんごん [伝言] 0 名 代為傳達

◆といあわせ [問（い）合（わ）せ] 0 名 詢問、照會

◆とうげ [峠] 3 名 山頂、顛峰、全盛期

◆とうなん [盗難] 0 名 失竊、遭小偷

◆とうばん [当番] 1 名 值勤、值班

◆とおく [遠く] 3 名 遠處、遠地
　　　　　　　　0 副 遠遠地、遙遠地

◆とく [得] 0 名 利益、好處、有利

◆とくい [得意] 2 0 名 ナ形 得意、擅長、老主顧

◆とげ 2 名 刺

◆とたん [途端] 0 名 正當～的時候、剛～就～

◆とりあつかい [取（り）扱い] 0 名 處理、操作、接待、待遇

⋯⋯⋯⋯⋯⋯⋯⋯⋯⋯⋯⋯⋯⋯⋯⋯⋯⋯⋯⋯⋯⋯⋯⋯⋯⋯⋯⋯

◆なか [仲] 1 名 交情、關係

◆なかみ [中身／中味] 2 名 內容、容納的東西

◆なかよし [仲良し] 2 名 要好、好朋友

◆ながれ [流れ] 3 名 流動、河流、趨勢、流派、中止

◆なぞ [謎] 0 名 謎、暗示、莫名其妙

◆なんきょく [南極] 0 名 南極

◆にわ [庭] 0 名 院子、庭園、場所

◆ね [根] 1 名 根、根據、根本

◆ね [値] 0 名 價值、價格

◆ねっちゅう [熱中] 0 名 熱衷、入迷

◆ねまき [寝巻 / 寝間着] 0 名 睡衣

◆ねらい [狙い] 0 名 瞄準、目標

◆のうか [農家] 1 名 農民、農家

◆のこり [残り] 3 名 剩餘

◆のち [後] 2 0 名 之後、未來、死後

◆のぼり [上り] 0 名 攀登、上坡、上行

◆のり [糊] 2 名 漿糊、膠水

◆ばあい [場合] 0 名 場合、情況、時候

◆はいけん [拝見] 0 名 拜讀

◆はいざら [灰皿] 0 名 菸灰缸

◆はいたつ [配達] 0 名 送、投遞

◆ばいてん [売店] 0 名 小賣部、販賣部

◆はきけ [吐気] 3 名 噁心、想要嘔吐

◆はさみ 3 名 剪刀、剪票鉗、螯足

◆はしら [柱] 3 0 名 柱子、杆子、支柱、靠山

◆はたけ [畑] 0 名 田地、專業的領域

◆ばつ [×] 1 名 （表不要的符號）叉

◆はつばい [発売] 0 名 發售、出售

◆はなしあい [話し合い] 0 名 商量、協商

◆はば [幅] 0 名 寬度、幅面、差距、差價

◆はみがき [歯磨き] 2 名 刷牙、牙刷、牙膏

◆はんこ [判子] 3 名 印章

◆ひ [灯] 1 名 燈、燈光

◆ひあたり [日当（た）り] 0 名 向陽、向陽處

◆ひがい [被害] 1 名 受害、受災、損失

◆ひがえり [日帰り] 0 4 名 當天來回

◆ひきだし [引（き）出し] 0 名 提取、抽屜

◆ひざし [日差し / 陽射し] 0 名 陽光照射

◆ひたい [額] 0 名 額頭

◆ひとごみ [人込み] 0 名 人群、人山人海

◆ひびき [響き] 3 名 聲音、回聲、振動

◆ひょうし [表紙] 3 0 名 封面、書皮

◆びんづめ [瓶詰め] 0 4 名 瓶裝

◆ふうせん [風船] 0 名 氣球

◆ふくしゃ [複写] 0 名 複寫、複印、謄寫

◆ふた [蓋] 0 名 蓋子

◆ふたたび [再び] 0 名 再、又、重

◆ふで [筆] 0 名 筆、毛筆、寫、畫

◆ふぶき [吹雪] 1 名 暴風雪

◆ふみきり [踏（み）切り] 0 名 平交道、起跳點

◆ふるさと [故郷／郷里] 2 名 故郷、老家

◆へそ 0 名 肚臍、小坑、中心

◆へんじ [返事] 3 名 回答、回信

◆ほうがく [方角] 0 名 方向、方位

◆ぼうさん [坊さん] 0 名 和尚

◆ぼうはん [防犯] 0 名 防止犯罪

◆ぼきん [募金] 0 名 募捐

◆ほこり [埃] 0 名 塵埃、灰塵

◆ほっきょく [北極] 0 名 北極

◆ほとけ [仏] 0 3 名 佛、佛像、死者

◆ほんもの [本物] 0 名 真貨、正規、真的

◆ぼんやり 3 名 呆子、糊塗的人、大意的人
　　　　　　3 副 模模糊糊、隱隱約約

◆まいど [毎度] 0 名 每次、總是

◆まけ [負け] 0 名 敗北、損害、減價、（前面加「お～」時）贈送

◆まご [孫] 2 名 孫子、孫輩

◆まちがい [間違い] 3 名 錯誤、失敗、事故

◆まっくら [真っ暗] 3 名 ナ形 漆黑、沒有希望

◆まつり [祭（り）] 0 名 祭祀、祭典、慶典

◆まどぐち [窓口] 2 名 窗戶、窗口

◆まわり [回り / 周り] 0 名 迴轉、旋轉、巡迴、周圍

◆まんいん [満員] 0 名 客滿

◆まんなか [真ん中] 0 名 正中央、中心

◆みおくり [見送り] 0 名 送行、觀望、眼睜睜錯失機會

◆みかけ [見掛け] 0 名 外觀

◆みだし [見出し] 0 名 （報紙、雜誌）標題、目次、索引、（字典）詞條

◆みなと [港] 0 名 港口、出海口

◆みまい [見舞い] 0 名 探病、慰問、慰問品、訪問、巡視

◆みやこ [都] 0 名 皇宮、首都、政經中心

◆むかい [向（か）い] 0 名 對面、對向

◆むかしばなし [昔話] 4 名 故事、傳說

◆むき [向き] 1 名 （轉換）方向、意向、（行為）傾向、適合

◆むじ [無地] 1 名 （布料、紙）沒有花紋、素色

◆むじゅん [矛盾] 0 名 矛盾

◆むちゅう [夢中] 0 名 ナ形 夢裡、熱衷、忘我

◆むりょう [無料] 0 名 免費

◆め [芽] 1 名 芽、事物發展的起頭

◆めいし [名刺] 0 名 名片

◆めうえ [目上] 0 3 名 尊長、長輩、上司

◆めざまし [目覚（ま）し] 2 名 提神、（「目覚し時計 / 目覚まし時計」的簡稱）鬧鐘

◆めした [目下] 0 3 名 部下、晚輩

◆めまい 2 名 暈眩、目眩

◆もうしわけ [申（し）訳] 0 名 辯解、藉口

◆もうふ [毛布] 1 名 毛毯

◆もじ / もんじ [文字] 1 / 1 名 文字、文章、用語、詞彙、音節

◆もと [基 / 素] 2 0 名 起源、基礎、理由、原料、原價

◆ものさし [物差し] 3 4 名 尺、尺度、基準

◆もよおし [催し] 0 名 舉辦、集會、活動

◆もんく [文句] 1 名 抱怨、文章詞句

◆やくそく [約束] 0 名 約定、規則、（注定的）命運

◆やけど [火傷] 0 名 灼傷、燙傷

◆やじるし [矢印] 2 名 箭號

◆やちん [家賃] 1 名 房租

◆やね [屋根] 1 名 屋頂、篷

◆ゆうがた [夕方] 0 名 傍晚、黃昏

◆ゆうしょう [優勝] 0 名 優勝

◆ゆうびん [郵便] 0 名 郵政、郵件

◆ゆうれい [幽霊] 1 名 幽靈、亡靈、亡魂

◆ゆか [床] 0 名 地板

◆ゆしゅつ [輸出] 0 名 輸出、出口

◆ゆだん [油断] 0 名 大意、輕忽

◆ゆびわ [指輪] 0 名 戒指

◆よあけ [夜明け] 3 名 清晨、拂曉、（新時代或新事物的）開端

◆ようい [用意] 1 名 準備、有深意

◆ようけん [用件] 3 名 事情、傳達的內容

◆ようじ [用事] 0 名 要事、便溺

◆ようす [様子] 0 名 情況、狀態、姿態、表情、跡象、緣由

◆よくじつ [翌日] 0 名 翌日

◆よそう [予想] 0 名 預想、預料

◆よなか [夜中] 3 名 半夜

◆よのなか [世の中] 2 名 世間、社會、俗世、時代

◆よろこび [慶び / 喜び] 0 3 4 名 喜悅、喜事、值得慶賀的事、賀詞

◆りえき [利益] 1 名 利益、獲利

◆りこん [離婚] 0 名 離婚

◆りょうがえ [両替] 0 名 兌換（貨幣或有價證券）

◆りょうきん [料金] 1 名 費用

◆るすばん [留守番] 0 名 看家、看家的人、守門人

◆れい [例] 1 名 舉例、先例、慣例

◆れいてん [零点] 3 0 名 零分、沒有資格

◆れいぼう [冷房] 0 名 冷氣

◆れんらく [連絡] 0 名 聯絡、聯繫、聯運

◆ろうご [老後] 0 名 晚年

◆ろうじん [老人] 0 名 老人

◆わかもの [若者] 0 名 年輕人、青年

◆わけ [訳] 0 名 原因、理由、內容、常識、道理、內情

◆わりあい [割合] 0 名 比例、比率、雖然〜但是〜
　　　　　　　　　　　0 副 比較地、意外地

◆わりびき [割引] 0 名 折扣

考前衝刺
第六回

試題

(1) 次の言葉の正しい読み方を一つ選びなさい。

(　　) ①移転

1. いかい　2. いてい　3. いかん　4. いてん

(　　) ②永久

1. えいきょう　2. えいきゅう

3. えんきょう　4. えんきゅう

(　　) ③過半数

1. かはんすう　2. かばんすう

3. かはんかず　4. かばんかず

(　　) ④砕く

1. くずく　2. くがく　3. くだく　4. くびく

(　　) ⑤献立

1. こんたて　2. こんだて　3. こいたて　4. こいだて

(　　) ⑥刺激

1. しけき　2. しげき　3. しから　4. しがら

(　　) ⑦絶対に

1. せったいに　2. ぜったいに

3. せいたいに　4. せいだいに

（　　）⑧耕す

　　　1. たがます　　2. たがやす　　3. たがなす　　4. たがわす

（　　）⑨疲れる

　　　1. つかれる　　2. つわれる　　3. つまれる　　4. つたれる

（　　）⑩所々

　　　1. ところところ　　　　　　2. ところどころ

　　　3. どころところ　　　　　　4. どころどころ

（　　）⑪匂い

　　　1. におい　　2. にあい　　3. にまい　　4. にそい

（　　）⑫眠る

　　　1. ねむる　　2. ねまる　　3. ねある　　4. ねおる

（　　）⑬梅雨

　　　1. ばいあめ　　2. ばいさめ　　3. ばいあ　　4. ばいう

（　　）⑭震える

　　　1. ふらえる　　2. ふるえる　　3. ふろえる　　4. ふしえる

（　　）⑮保証

　　　1. ほしょう　　2. ほじょう　　3. ほきょう　　4. ほぎょう

（　　）⑯湖

　　　1. みずうみ　　2. みじうみ　　3. みずしお　　4. みじしお

（　　）⑰飯

　　　1. めい　　　2. めん　　　3. めか　　　4. めし

（　　）⑱八つ

　　　　1. やつつ　　　2. やっつ　　　3. やうつ　　　4. やんつ

（　　）⑲横切る

　　　　1. よこじる　　2. よこがる　　3. よこぎる　　4. よこどる

（　　）⑳領事

　　　　1. りょうし　　　　　　2. りょうじ

　　　　3. りょうこと　　　　　4. りょうごと

（　　）㉑恋愛

　　　　1. れんあい　　2. れいあい　　3. れんない　　4. れいない

（　　）㉒忘れ物

　　　　1. わこれもの　　　　　2. わすれもの

　　　　3. わこれぶつ　　　　　4. わすれぶつ

▼（2）次の言葉の正しい漢字を一つ選びなさい。

（　　）①あそぶ

　　　　1. 弄ぶ　　　2. 編ぶ　　　3. 遊ぶ　　　4. 玩ぶ

（　　）②うらぐち

　　　　1. 裏口　　　2. 後口　　　3. 後門　　　4. 裏門

（　　）③おおぜい

　　　　1. 太勢　　　2. 大勢　　　3. 多勢　　　4. 沢勢

（　　）④きんにく

　　　　1. 金肉　　　2. 筋肉　　　3. 肌肉　　　4. 緊肉

（　　）⑤けがれる

    1. 毒れる　　　　2. 環れる　　　　3. 染れる　　　　4. 汚れる

（　　）⑥さかさ

    1. 対さ　　　　　2. 相さ　　　　　3. 反さ　　　　　4. 逆さ

（　　）⑦すなお

    1. 実老　　　　　2. 実直　　　　　3. 素老　　　　　4. 素直

（　　）⑧そうだん

    1. 双談　　　　　2. 想談　　　　　3. 商談　　　　　4. 相談

（　　）⑨ちゃわん

    1. 茶碗　　　　　2. 茶椀　　　　　3. 飯碗　　　　　4. 飯椀

（　　）⑩ていねい

    1. 丁貌　　　　　2. 叮貌　　　　　3. 丁寧　　　　　4. 叮儀

（　　）⑪ながめ

    1. 流め　　　　　2. 望め　　　　　3. 眺め　　　　　4. 中め

（　　）⑫ぬる

    1. 脱る　　　　　2. 塗る　　　　　3. 濡る　　　　　4. 盗る

（　　）⑬のろう

    1. 恨う　　　　　2. 怨う　　　　　3. 呪う　　　　　4. 咒う

（　　）⑭ひとしい

    1. 当しい　　　　2. 応しい　　　　3. 相しい　　　　4. 等しい

（　　）⑮へいたい

      1. 兵隊　　　　2. 軍隊　　　　3. 団隊　　　　4. 塀隊

（　　）⑯まいご

      1. 舞子　　　　2. 迷子　　　　3. 米子　　　　4. 妹子

（　　）⑰むすぶ

      1. 結ぶ　　　　2. 係ぶ　　　　3. 繋ぶ　　　　4. 連ぶ

（　　）⑱もともと

      1. 下々　　　　2. 基々　　　　3. 原々　　　　4. 元々

（　　）⑲ゆくえ

      1. 進方　　　　2. 前方　　　　3. 行方　　　　4. 途方

（　　）⑳らんぼう

      1. 荒暴　　　　2. 粗暴　　　　3. 乱暴　　　　4. 打暴

（　　）㉑ろんじる

      1. 識じる　　　2. 設じる　　　3. 諭じる　　　4. 論じる

解答

▶ (1) 次の言葉の正しい読み方を一つ選びなさい。

① 4	② 2	③ 1	④ 3	⑤ 2
⑥ 2	⑦ 2	⑧ 2	⑨ 1	⑩ 2
⑪ 1	⑫ 1	⑬ 4	⑭ 2	⑮ 1
⑯ 1	⑰ 4	⑱ 2	⑲ 3	⑳ 2
㉑ 1	㉒ 2			

▶ (2) 次の言葉の正しい漢字を一つ選びなさい。

① 3	② 1	③ 2	④ 2	⑤ 4
⑥ 4	⑦ 4	⑧ 4	⑨ 1	⑩ 3
⑪ 3	⑫ 2	⑬ 3	⑭ 4	⑮ 1
⑯ 2	⑰ 1	⑱ 4	⑲ 3	⑳ 3
㉑ 4				

解析

▍（1）次の言葉の正しい読み方を一つ選びなさい。

（ 4 ）①移転

    4. いてん [移転] 0 名 轉移、搬家

（ 2 ）②永久

    1. えいきょう [影響] 0 名 影響

    2. えいきゅう [永久] 0 名 ナ形 永久

（ 1 ）③過半数

    1. かはんすう [過半数] 2 4 名 過半數

（ 3 ）④砕く

    3. くだく [砕く] 2 他動 打碎、用心良苦

（ 2 ）⑤献立

    2. こんだて [献立] 0 名 菜單、清單、明細

（ 2 ）⑥刺激

    2. しげき [刺激] 0 名 刺激

（ 2 ）⑦絶対に

    2. ぜったいに [絶対に] 0 副 絕對地

（ 2 ）⑧耕す

    2. たがやす [耕す] 3 他動 耕種

（　1　）⑨疲れる

　　　　1. つかれる [疲れる] 3 **自動** 疲勞、疲乏、變舊

（　2　）⑩所々

　　　　2. ところどころ [所々] 4 **名** 到處

（　1　）⑪匂い

　　　　1. におい [匂い] 2 **名** 氣味、香氣、風格

（　1　）⑫眠る

　　　　1. ねむる [眠る] 0 **自動** 睡覺、安息、閒置

（　4　）⑬梅雨

　　　　4. ばいう [梅雨] 1 **名** 梅雨

（　2　）⑭震える

　　　　2. ふるえる [震える] 0 **自動** 震動、發抖

（　1　）⑮保証

　　　　1. ほしょう [保証] 0 **名** 保證、擔保

　　　　3. ほきょう [補強] 0 **名** 加強、增強

（　1　）⑯湖

　　　　1. みずうみ [湖] 3 **名** 湖

（　4　）⑰飯

　　　　1. めい [姪] 1 **名** 姪女、外甥女

　　　　2. めん [面] 1 0 **名** 臉、顏面、面具、平面、方面、表面、版面

　　　　2. めん [綿] 1 **名** 棉、棉花

　　　　4. めし [飯] 2 **名** 米飯、三餐

（　2　）⑱八つ

　　　2. やっつ [八つ] 3 名 八個、八歳

（　3　）⑲横切る

　　　3. よこぎる [横切る] 3 他動 横越

（　2　）⑳領事

　　　1. りょうし [漁師] 1 名 漁夫

　　　2. りょうじ [領事] 1 名 領事

（　1　）㉑恋愛

　　　1. れんあい [恋愛] 0 名 戀愛

（　2　）㉒忘れ物

　　　2. わすれもの [忘れ物] 0 名 忘記帶走、忘記帶的物品

▶ （2）次の言葉の正しい漢字を一つ選びなさい。

（　3　）①あそぶ

　　　3. あそぶ [遊ぶ] 0 自動 玩、遊玩、閒置

（　1　）②うらぐち

　　　1. うらぐち [裏口] 0 名 後門、走後門

（　2　）③おおぜい

　　　2. おおぜい [大勢] 3 名 眾多

（　2　）④きんにく

　　　2. きんにく [筋肉] 1 名 肌肉

（　4　）⑤けがれる

    4. けがれる [汚れる] 3 自動 變髒

    4. よごれる [汚れる] 0 自動 弄髒、汙染、丟臉、玷汙

（　4　）⑥さかさ

    4. さかさ [逆さ] 0 名 ナ形 顛倒、反向

（　4　）⑦すなお

    2. じっちょく [実直] 0 名 ナ形 耿直、誠實

    4. すなお [素直] 1 ナ形 老實

（　4　）⑧そうだん

    4. そうだん [相談] 0 名 商量

（　1　）⑨ちゃわん

    1. ちゃわん [茶碗] 0 名 （陶瓷製的）碗、飯碗

（　3　）⑩ていねい

    3. ていねい [丁寧] 1 名 ナ形 禮貌

（　3　）⑪ながめ

    3. ながめ [眺め] 3 名 眺望、景色

（　2　）⑫ぬる

    2. ぬる [塗る] 0 他動 塗、擦（粉）

（　3　）⑬のろう

    3. のろう [呪う] 2 他動 詛咒、懷恨

(4) ⑭ひとしい

    4. ひとしい [等しい] 3 **イ形** 相同的、等於的

(1) ⑮へいたい

    1. へいたい [兵隊] 0 **名** 軍人、軍隊

    2. ぐんたい [軍隊] 1 **名** 軍隊

(2) ⑯まいご

    1. まいこ [舞子] 0 **名** 舞妓、年輕舞女

    2. まいご [迷子] 1 **名** 迷路的孩子、與群體失散的個體

(1) ⑰むすぶ

    1. むすぶ [結ぶ] 0 **自他動** 繫、聯繫、締結、緊閉、緊握、結果、盤髮髻

(4) ⑱もともと

    4. もともと [元々] 0 **名** **ナ形** 不賠不賺、同原來一樣

              0 **副** 本來、原來

(3) ⑲ゆくえ

    3. ゆくえ [行方] 0 **名** 行蹤、下落、前途

(3) ⑳らんぼう

    3. らんぼう [乱暴] 0 **名** **ナ形** 粗暴、暴力

(4) ㉑ろんじる

    4. ろんじる / ろんずる [論じる / 論ずる] 0 3 / 3 0 **他動** 論述、談論、爭論

イ形容詞

◆あつかましい [厚かましい] 5 **イ形** 厚顏無恥的、厚臉皮的

◆あやしい [怪しい] 0 3 **イ形** 奇怪的、怪異的、可疑的、不妙的

◆あらい [粗い] 0 **イ形** 粗糙的、稀疏的

◆ありがたい [有（り）難い] 4 **イ形** 感謝的、感激的、難得的

◆あわただしい [慌ただしい] 5 **イ形** 慌忙的、不穩定的

◆いちじるしい [著しい] 5 **イ形** 顯著的、明顯的

◆いやらしい 4 **イ形** 令人討厭的、下流的

◆うらやましい [羨ましい] 5 **イ形** 羨慕的

◆おかしい 3 **イ形** 可疑的、奇怪的、滑稽的

◆おさない [幼い] 3 **イ形** 年幼的、幼小的、幼稚的

◆おしい [惜しい] 2 **イ形** 珍惜的、可惜的、捨不得的

◆おそろしい [恐ろしい] 4 **イ形** 嚇人的、可怕的、驚人的

◆おとなしい 4 **イ形** 老實的、乖巧聽話的、不吵不鬧的、素雅的

◆おめでたい 4 0 **イ形** 可喜可賀的、憨厚老實的、過於天真樂觀的

◆おもいがけない [思い掛けない] 5 6 **イ形** 意外的

- -

◆かしこい [賢い] 3 **イ形** 聰明的

◆かゆい 2 **イ形** 癢的

◆かるい [軽い] 0 **イ形** 輕的、輕浮的

◆かわいらしい [可愛らしい] 5 **イ形** 可愛的、嬌小的

◆きつい 0 2 **イ形** 緊的、窄的、嚴苛的、辛苦的、吃力的

◆くどい 2 **イ形** 囉嗦的、濃的、油膩的

◆くやしい [悔しい] 3 **イ形** 不甘心的

◆くるしい [苦しい] 3 **イ形** 痛苦的、為難的

◆くわしい [詳しい] 3 **イ形** 詳細的

◆けわしい [険しい] 3 **イ形** 危險的、險峻的

◆こまかい [細かい] 3 **イ形** 細小的、詳細的、細心的、小氣的

◆しおからい [塩辛い] 4 **イ形** 鹹的

◆しかくい [四角い] 0 3 **イ形** 四角形的、方的

◆しかたない [仕方ない] 4 **イ形** 沒辦法的

◆したしい [親しい] 3 **イ形** 親近的、熟悉的

◆しょっぱい 3 **イ形** 鹹的

◆ずうずうしい 5 **イ形** 厚顏無恥的

◆すっぱい 3 **イ形** 酸的

◆ずるい [狡い] 2 **イ形** 狡猾的、奸詐的

◆するどい [鋭い] 3 **イ形** 敏銳的、尖銳的、銳利的

◆そうぞうしい [騒々しい] 5 **イ形** 吵雜的、動盪不安的

◆そそっかしい 5 **イ形** 冒失的、粗心大意的、草率的

◆たくましい 4 **イ形** 堅毅不拔的、蓬勃的、旺盛的

◆たのもしい [頼もしい] 4 **イ形** 可靠的、備受期待的、富裕的

◆だらしない 4 **イ形** 雜亂的、邋遢的

◆ちからづよい [力強い] 5 **イ形** 堅強的、強而有力的、自信滿滿的

◆ちゃいろい [茶色い] 0 **イ形** 咖啡色的、棕色的

◆つたない [拙い] 3 **イ形** 拙劣的、不高明的

◆つめたい [冷たい] 0 3 **イ形** 冷淡的、無情的

◆とんでもない 5 **イ形** 意外的、荒唐的

◆にがい [苦い] 2 **イ形** 苦的、痛苦的、不高興的

◆にくい [憎い] 2 **イ形** 憎恨的、漂亮的、令人欽佩的

◆にぶい [鈍い] 2 **イ形** 鈍的、遲鈍的、不強烈的、不清晰的、遲緩的

◆ばからしい [馬鹿らしい] 4 **イ形** 愚蠢的、無聊的、不值得的

◆はげしい [激しい] 3 **イ形** 激烈的、強烈的、厲害的

◆ひどい 2 **イ形** 殘酷的、過分的、激烈的、嚴重的

◆ふとい [太い] 2 **イ形** 粗的、膽子大的、無恥的

◆ほしい [欲しい] 2 **イ形** 想要的、希望的

◆まずい 2 **イ形** 難吃的、拙劣的、不當的、難看的

◆まずしい [貧しい] 3 **イ形** 貧困的、貧乏的、貧弱的

◆まぶしい 3 **イ形** 炫目的、耀眼的

◆みっともない 5 **イ形** 不像樣的、丟臉的、難看的

◆むしあつい [蒸（し）暑い] 4 **イ形** 溽暑的、高溫多濕的

◆めでたい 3 **イ形** 可喜可賀的、順利的、出色的

◆めんどうくさい / めんどくさい [面倒くさい] 6 / 5 **イ形** 麻煩的

◆もうしわけない [申（し）訳ない] 6 **イ形** 抱歉的、不好意思的

◆もったいない 5 **イ形** 可惜的、不適宜的、不敢當的

◆ものすごい [物凄い] 4 **イ形** 恐怖的、非常的

◆やかましい 4 **イ形** 吵鬧的、議論紛紛的、嚴格的、吹毛求疵的、麻煩的

◆やわらかい [柔らかい / 軟らかい] 4 **イ形** 柔軟的、溫和的、靈巧的

◆ゆるい [緩い] 2 **イ形** 鬆弛的、緩和的、緩慢的、稀的、鬆散的

◆よろしい [宜しい] 3 0 **イ形** 好的、容許的、適當的

◆わかわかしい [若々しい] 5 **イ形** 朝氣蓬勃的、顯得年輕的、不成熟的

ナ形容詞

◆あらた [新た] 1 **ナ形** 新、新鮮、重新

◆あわれ [哀れ] 1 **ナ形** **名** 憐憫、哀愁、可憐、淒慘

◆いだい [偉大] 0 **ナ形** 偉大

◆いたずら 0 **ナ形** **名** 惡作劇、調戲

◆おおざっぱ 3 **ナ形** 草率、大略

◆おしゃれ 2 **ナ形** **名** 時髦的（人）、愛打扮的（人）

◆おだやか [穏やか] 2 **ナ形** 沉著穩重、溫和、平靜

◆おも [主] 1 **ナ形** 主要、重要

◆かいてき [快適] 0 ナ形 名 暢快

◆かくじつ [確実] 0 ナ形 名 確實

◆かじょう [過剰] 0 ナ形 名 過剰

◆かって [勝手] 0 ナ形 名 任性、任意、隨便

◆かわいそう [可哀相 / 可哀想] 4 ナ形 可憐

◆きちょう [貴重] 0 ナ形 名 貴重、珍貴

◆きゅうげき [急激] 0 ナ形 急遽、劇烈

◆きよう [器用] 1 ナ形 名 靈巧

◆げひん [下品] 2 ナ形 名 下流

◆けんきょ [謙虚] 1 ナ形 謙虚

◆ごういん [強引] 0 ナ形 名 強行

◆こうこう [孝行] 1 ナ形 名 孝順

◆こまやか [細やか] 2 ナ形 詳細、深厚

. . . .

◆さいこう [最高] 0 ナ形 名 最高、最棒、（心情）絶佳

◆さいてい [最低] 0 ナ形 名 最低、最差、下流

◆さかん [盛ん] 0 ナ形 旺盛、熱烈、積極

◆さっきゅう [早急] 0 ナ形 名 緊急、火速、趕忙

◆ざんねん [残念] 3 ナ形 遺憾

◆しつれい [失礼] 2 ナ形 名 失禮

◆じみ [地味] 2 ナ形 名 樸素、不起眼

◆じゃま [邪魔] 0 ナ形 名 打擾、干擾

◆じゅんすい [純粋] 0 ナ形 名 純粹

◆じょうぶ [丈夫] 0 ナ形 堅固、結實、健壯

◆しんけん [真剣] 0 ナ形 名 認真

◆すてき [素敵] 0 ナ形 極漂亮、絕佳

◆すみやか [速やか] 2 ナ形 敏捷、迅速

◆ぜいたく [贅沢] 3 4 ナ形 名 奢侈、浪費

◆せっきょくてき [積極的] 0 ナ形 積極

◆そまつ [粗末] 1 ナ形 名 粗糙

◆たしか [確か] 1 ナ形 確實、確定、可靠

◆だめ [駄目] 2 ナ形 名 不行、不可能、沒用、壞掉了

◆てきど [適度] 1 ナ形 名 適度、適當

◆でこぼこ [凸凹] 0 ナ形 名 凹凸不平、不平衡

◆でたらめ 0 ナ形 名 胡說八道、胡鬧、荒唐

◆なだらか 2 ナ形 （坡度）平緩、平穩、順利

◆ななめ [斜め] 2 ナ形 名 傾斜、不高興

◆なまいき [生意気] 0 ナ形 名 傲慢、狂妄

◆にわか [俄] 1 ナ形 突然、立刻、暫時

◆のんき [呑気] 1 ナ形 名 悠閒自在、不慌不忙、不拘小節、漫不經心

◆ばか [馬鹿] 1 ナ形 名 笨蛋、愚蠢、無聊、異常、失靈

◆はで [派手] 2 ナ形 名 鮮豔、華麗、闊綽

◆ひきょう [卑怯] 2 ナ形 名 膽怯、懦弱、卑鄙、無恥

◆ひさしぶり [久しぶり] 0 5 ナ形 名 （隔了）好久、許久

◆ひっし [必死] 0 ナ形 名 必死、拚命

◆びみょう [微妙] 0 ナ形 名 微妙

◆ふうん [不運] 1 ナ形 名 不幸、倒楣

◆ふこう [不幸] 2 ナ形 名 不幸、厄運、死亡

◆ぶさた [無沙汰] 0 ナ形 名 久疏問候、久違

◆ぶっそう [物騒] 3 ナ形 名 不安定、危險

◆ふへい [不平] 0 ナ形 名 牢騷、不滿意

◆ふわふわ 0 ナ形 輕飄飄、軟綿綿
　　　　　 1 副 輕飄飄、不沉著、軟綿綿、心神不定、浮躁

◆へいき [平気] 0 ナ形 名 冷靜、鎮靜、不在乎、不要緊

◆ぼうだい [膨大] 0 ナ形 名 巨大、膨脹

◆ぼろ 1 ナ形 名 破布、破衣服、破舊

- -

◆まあまあ 1 3 ナ形 普普通通、尚可
　　　　　 1 副 夠了

◆まっくろ [真っ黒] 3 ナ形 名 烏黑、黝黑

◆まんぞく [満足] 1 ナ形 名 滿足、完全

◆みじめ 1 ナ形 名 悲慘

◆むかんしん [無関心] 2 ナ形 名 不關心、不感興趣

◆むげん [無限] 0 **ナ形** **名** 無限

◆むじゃき [無邪気] 1 **ナ形** **名** 天真無邪、未經深思熟慮

◆むり [無理] 1 **ナ形** **名** 無理、勉強、強迫

◆めいわく [迷惑] 1 **ナ形** **名** 困擾、困惑、給人添麻煩

◆めちゃくちゃ 0 **ナ形** **名** 亂七八糟

◆めんどう [面倒] 3 **ナ形** **名** 麻煩、費事、照料

◆ゆうしゅう [優秀] 0 **ナ形** **名** 優秀

◆ゆうのう [有能] 0 **ナ形** **名** 有才能

◆ゆうゆう [悠々] 0 3 **ナ形** 從容、悠悠、悠閒、悠遠

◆ようち [幼稚] 0 **ナ形** **名** 幼稚、不成熟、單純

◆よくばり [欲張り] 3 4 **ナ形** **名** 貪婪

◆よけい [余計] 0 **ナ形** **名** 多餘
　　　　　　 0 **副** 分外、多

◆りっぱ [立派] 0 **ナ形** 卓越、堂堂正正、充分、宏偉、偉大

◆わがまま 3 4 **ナ形** **名** 任性、恣意

◆わずか [僅か] 1 **ナ形** **名** 僅僅、稍微、一點點

考前衝刺

第七回

▶ 模擬試題

▶ 解答

▶ 考前1天
把這些重要的副詞、連語、接續詞、
外來語都記起來吧！

模擬試題

▌**問題1**

_____の言葉の読み方として最もよいものを、1・2・3・4から一つ選びなさい。

(　　) ①最近、白髪が増えて困っている。

1. しらが
2. しろはつ
3. はくかみ
4. しろがみ

(　　) ②退社時間は大変混雑するので、早めに出かけよう。

1. こんざつ
2. こんさつ
3. ふんざつ
4. ふんさつ

(　　) ③自分が使った布団は自分で片づけなさい。

1. ふだん
2. ふとん
3. ぶだん
4. ぶとん

(　　) ④この辺は最近、強盗事件が多発しているそうだ。

1. きょうとり
2. きょうどう
3. ごうどう
4. ごうとう

(　　) ⑤お正月に近所の神社にお参りした。

1. せんじゃ
2. じんじゃ
3. かみじゃ
4. しんじゃ

▆問題2

　　　　の言葉を漢字で書くとき、最もよいものを1・2・3・4
から一つ選びなさい。

（　　　）①昨日、デパートでぐうぜん中学校時代の同級生に会った。

　　　　1. 遇然　　　　2. 偶然　　　　3. 隅然　　　　4. 寓然

（　　　）②車のライトがまぶしくて思わず目をつぶった。

　　　　1. 眩しくて　　2. 鋭しくて　　3. 輝しくて　　4. 亮しくて

（　　　）③彼は営業のじっせきをあげて自信をつけたようだ。

　　　　1. 実際　　　　2. 実蹟　　　　3. 実力　　　　4. 実績

（　　　）④駅前のきっさてんでコーヒーでもどうですか。

　　　　1. 飲茶店　　　2. 喫茶店　　　3. 珈琲店　　　4. 軽食店

（　　　）⑤地球のしんりんは急激に減少しているそうだ。

　　　　1. 深林　　　　2. 森林　　　　3. 針林　　　　4. 真林

▆問題3

　　（　　　　）に入れるのに最もよいものを、1・2・3・4から
一つ選びなさい。

（　　　）①妹は歌手になる夢をどうしてもあきらめ（　　　　）ようだった。

　　　　1. ならない　　2. きれない　　3. ぬけない　　4. きらない

（　　　）②テニスの大会の結果は全国で第三（　　　　）だった。

　　　　1. 位　　　　　2. 名　　　　　3. 等　　　　　4. 番

（　　）③試合は（　　　）天候にみまわれたため、中止となった。

1. 不　2. 灰　3. 悪　4. 低

（　　）④日本語学科の林先生は甘い物に（　　　）がないそうだ。

1. 目　2. 舌　3. 腹　4. 口

（　　）⑤結婚相手は収入も多く（　　　）学歴なので、両親は喜んでいる。

1. 名　2. 良　3. 高　4. 優

問題 4

（　　　）に入れるのに最もよいものを、1・2・3・4 から一つ選びなさい。

（　　）①どうもすみません。（　　　）父は朝から出かけております。

1. どうやら　2. せっかく　3. あいにく　4. さいわい

（　　）②植物の成長は天候と深い（　　　）があるそうだ。

1. 関継　2. 関節　3. 関与　4. 関連

（　　）③棚の上に置いておいた荷物を（　　　）盗まれてしまった。

1. あっさり　2. ぴったり　3. そっくり　4. たっぷり

（　　）④最近の携帯電話にはさまざまな（　　　）がついている。

1. 容器　2. 機能　3. 物事　4. 装置

（　　）⑤人間はみな平等に生きる（　　　）を持っている。

1. 権利　2. 人権　3. 権力　4. 主権

（　　　）⑥同僚は来月、アメリカへの海外（　　　　）を命じられた。

    1. 出張　　　　2. 出場　　　　3. 出動　　　　4. 出陣

（　　　）⑦小学生の時、人種（　　　）はしてはいけないと教えられた。

    1. 判別　　　　2. 区別　　　　3. 分別　　　　4. 差別

▼問題 5

　　　　　の言葉に意味が最も近いものを、1・2・3・4から
一つ選びなさい。

（　　　）①今夜はおおいに飲みましょう！

    1. たくさん　　　　　　　2. みんなで

    3. たいして　　　　　　　4. こっそり

（　　　）②ここからは富士山の姿がはっきり見える。

    1. くっきり　　　　　　　2. すっきり

    3. さっぱり　　　　　　　4. きっぱり

（　　　）③もっとバランスのとれた食事を心がけるべきだ。

    1. 調節　　　　　　　　　2. 調和

    3. 調合　　　　　　　　　4. 調進

（　　　）④いまさらくやんでも遅いというものだ。

    1. あらためて　　　　　　2. うらんで

    3. にくんで　　　　　　　4. こうかいして

（　　）⑤彼女のなごやかな笑顔が忘れられない。

    1. かわいい　　　　　　　　　2. おんわな

    3. ゆたかな　　　　　　　　　4. うつくしい

▶問題 6

次の言葉の使い方として最もよいものを、1・2・3・4から一つ選びなさい。

（　　）①のんき

    1. 彼は生まれつきのんきな性格だ。

    2. お風呂に入ってのんきにするのが好きだ。

    3. 今から行けば電車にのんきに間に合う。

    4. どうぞ、ごのんきにしてください。

（　　）②実物

    1. 買うか買わないかは、実物を見ないと決められない。

    2. 彼は実物の知れない人間なので、近づかないほうがいい。

    3. 実物がなく飢えている子供が、世界にはたくさんいる。

    4. 上司と実物を検討した上で、再度報告することにした。

（　　）③あわただしい

    1. 今日は合格発表の日なので、家族はみなあわただしい。

    2. そんなにあわただしいと、怪我をしますよ。

    3. 今日のご飯はあわただしくて、おいしくない。

    4. あわただしく出かけたので、携帯を忘れてしまった。

（　　）④講演する

    1. 来月、アメリカの牛肉問題について<u>講演する</u>ことになっている。

    2. 都内の公民館で、子供のための人形劇を<u>講演する</u>予定だ。

    3. 学校の授業をさぼったので、父親にひどく<u>講演された</u>。

    4. 弁護人は被告人の立場に立って、法廷で<u>講演した</u>。

（　　）⑤心得る

    1. 言いたかった言葉をぐっと<u>心得た</u>。

    2. それは自分の義務だと<u>心得て</u>おります。

    3. あなたの得意分野なのだから、しっかり<u>心得なさい</u>。

    4. 大学院ではロボットの開発に<u>心得て</u>いる。

解答

問題 1

① 1　② 1　③ 2　④ 4　⑤ 2

問題 2

① 2　② 1　③ 4　④ 2　⑤ 2

問題 3

① 2　② 1　③ 3　④ 1　⑤ 3

問題 4

① 3　② 4　③ 3　④ 2　⑤ 1
⑥ 1　⑦ 4

問題 5

① 1　② 1　③ 2　④ 4　⑤ 2

問題 6

① 1　② 1　③ 4　④ 1　⑤ 2

副 詞

◆あいかわらず [相変わらず] 0 副 一如往昔、依然、依舊

◆あくまで [飽くまで] 1 2 副 徹底、始終、堅持到底

◆あらためて [改めて] 3 副 改天、重新

◆いきなり 0 副 突然

◆いちおう [一応] 0 副 姑且、大致

◆いちだんと [一段と] 0 副 更加、越來越～

◆いわば [言わば] 1 2 副 舉例來說、說起來

◆うっかり 3 副 恍神、不留神、心不在焉

◆おおいに [大いに] 1 副 非常、很

◆おそらく [恐らく] 2 副 恐怕、或許

◆おもわず [思わず] 2 副 不由得、不自覺地

- -

◆かえって [却って] 1 副 反倒、反而

◆がっかり 3 副 失望、沮喪、無精打采

◆かならずしも [必ずしも] 4 副 （後接否定）未必～

◆ぎっしり 3 副 （塞得、擠得、擺得）滿滿地

◆きっちり 3 副 緊密地、（多用於數量、時間）正好、剛好

◆ぐっすり 3 副 沉沉地（睡）

◆げんに [現に] 1 副 現在、眼前、確實、實際

◆こっそり 3 副 偷偷地、悄悄地

◆さすが ０ 副 不愧

◆さっさと １ 副 快、趕緊

◆ざっと ０ 副 大略、簡略

◆しいんと ０ 副 靜悄悄、寂靜

◆じかに [直に] １ 副 直接、親自

◆じっと ０ 副 一動也不動地、目不轉睛地

◆しっとり ３ 副 溼潤

◆しばしば １ 副 屢次、常常、再三

◆しみじみ ２ ３ 副 深切地、心平氣和地

◆じょじょに [徐々に] １ 副 徐徐地、慢慢地

◆すっかり ３ 副 完全、徹底

◆すっきり ３ 副 舒暢、暢快

◆ずらり ２ ３ 副 羅列、並列

◆せかせか １ 副 急忙、慌慌張張

◆せっせと １ 副 拚命地

◆せめて １ 副 至少、起碼

◆そっと ０ 副 悄悄地

◆たえず [絶えず] １ 副 一直、反覆

◆たしか １ 副 （表不太確定，印象中）好像、應該、大概

◆ただちに [直ちに] １ 副 立即、直接

◆たちまち ０ 副 突然、一下子

◆たんに [単に] 1 副 （後面常和「だけ」或「のみ」一起使用）只不過是～（而已）

◆ちっとも 3 副 （後接否定）一點也（不）～、完全（不）～

◆ちょくちょく 1 副 時常、常常

◆つい 1 副 不知不覺、無意中、（表距離或時間離得很近）方才、剛剛

◆ついに [遂に] 1 副 好不容易、終於、（後接否定）終究還是（沒）～

◆てんてん [転々] 0 副 轉來轉去、滾動

◆どうか 1 副 （務必）請、設法、不對勁、突然

◆どうせ 0 副 反正、乾脆

◆とうとう 1 副 到頭來、結果還是

◆とっくに 3 副 早就

◆ともかく 1 副 總之、姑且不論

◆なにしろ 1 副 無論怎樣、總之、因為

◆なんとなく 4 副 不由得、無意中

◆にっこり 3 副 微微一笑

◆のこらず [残らず] 2 3 副 全部、一個不剩

◆のろのろ 1 副 慢吞吞地

◆はきはき 1 副 乾脆、敏捷、活潑伶俐

◆はたして [果たして] 2 副 果然、到底

◆ばったり 3 副 突然相遇、突然停止

◆ぴたり 2 3 副 緊密、說中、突然停止

◆ひとまず 2 副 暫時、姑且

◆ひとりでに 0 副 自己、自動地、自然而然地

◆ふと 0 1 副 偶然、突然

◆ほぼ 1 副 大體上、基本上

◆まごまご 1 副 迷惘徬徨、張惶失措

◆まもなく [間も無く] 2 副 不久、馬上

◆むしろ [寧ろ] 1 副 寧可、寧願

◆めっきり 3 副 急遽、明顯、顯著

◆もしかすると 1 副 萬一、或許

◆やがて 0 副 不久、馬上、即將、結局、終究

◆やや 1 副 稍微、暫時、略微

◆ようするに [要するに] 3 副 總之

◆わざと 1 副 刻意地、正式地

◆わずかに [僅かに] 1 副 僅、勉勉強強

連 語

◆いくら～ても [幾ら～ても] 連語 無論怎麼～也～

◆いつのまにか 連語 不知不覺地

◆おめにかかる [お目に掛かる] 連語 （「会う」的謙讓語）拜見、見到

◆かもしれない 連語 也許

◆きをつける [気を付ける] 連語 注意、小心

◆くだらない 連語 無聊的、沒用的、無價值的

◆このあいだ [この間] 連語 上次、之前

◆このごろ [この頃] 連語 最近

◆しかたがない [仕方がない] 連語 沒辦法

◆すまない 連語 不好意思

◆そういえば 連語 說起來

◆たまに 連語 偶爾、難得

◆たまらない 連語 受不了、～（得）不得了

◆ちがいない [違いない] 連語 一定

◆つまらない 連語 無聊的、倒霉的

◆できるだけ 連語 盡可能、盡量

◆どこか 連語 （表不太確定）好像哪裡、某處

◆なにか [何か] 連語 某種、什麼、總覺得、或者

◆はなしちゅう [話し中] 連語 正在說話、（電話）佔線
◆ひとりごと [独り言] 連語 自言自語

◆もうすぐ 連語 即將

◆やむをえない 連語 不得已、沒有辦法
◆～（に）よって [～（に）因って] 連語 基於～
◆～（に）よると 連語 根據～

接續詞

◆しかも 2 接續 而且
◆したがって 0 接續 因此
◆すなわち 2 接續 即、換言之
　　　　　 2 名 當時
　　　　　 2 副 馬上、即
◆すると 0 接續 於是
◆そうして 0 接續 然後、而且、還有
◆そこで 0 接續 因此
◆そのうえ 0 接續 而且
◆それで 0 接續 然後、因此

◆それでも 3 接續 即使如此

◆それなのに 3 接續 僅管如此、然而卻～

◆それゆえ 0 3 接續 因此、正因如此

◆ただし [但し] 1 接續 不過

◆だって 1 接續 （反駁對方時）因為、可是

◆ところが 3 接續 可是

◆なぜならば 1 接續 因為

◆ならびに [並びに] 0 接續 以及

◆または [又は] 2 接續 或是

外來語

◆アクセント 1 名 重音、語調、重點

◆アンケート 1 3 名 問卷調查、市調

◆イコール 2 名 ナ形 相等、等於、等號

◆ウイルス 2 1 名 病毒

◆カセット 2 名 （「カセットテープ」的簡稱）錄音帶

◆グラフ 1 名 圖表

◆コーチ 1 名 教練

◆コメント 0 1 名 評論、解說、說明

◆コンセント 1 3 名 插座

◆ジャーナリスト 4 名 新聞工作者、記者、編輯

◆スイッチ 2 1 名 開關

◆スカーフ 2 名 圍巾、頭巾、披巾

◆チップ 1 名 小費

◆ドライブ 2 名 兜風

◆トランプ 2 名 撲克牌

◆トンネル 0 名 隧道

◆パイロット 3 1 名 領航員、飛行員

◆パンツ 1 名 內褲、褲子

◆ハンドル 0 名 方向盤、車手把、把手、柄

◆プラスチック 4 名 塑膠

◆フロント 0 名 正面、前面、服務台

◆ベテラン 0 名 老手

◆ヘリコプター 3 名 直昇機

◆ボーナス 1 名 獎金、分紅、津貼

◆マイナス 0 名 減法、負號、虧損、赤字、陰性

◆モーター 1 名 馬達、電動機、發動機、汽車

◆モノレール 3 名 單軌（電車）

◆ユニフォーム / ユニホーム 3 1 / 3 1 名 制服、運動套裝、軍服

◆ヨット 1 名 帆船、遊艇

◆ラッシュ 1 名 （「ラッシュアワー」的簡稱）尖峰時段、蜂擁而至

◆リボン 1 名 絲帶、（打字機）色帶

◆レジ 1 名 收銀機、收銀台、暫存器、收銀員

◆レジャー 1 名 閒暇、悠閒、休閒

◆ロッカー 1 名 鎖櫃、（投幣式）置物櫃

◆ワープロ 0 名 文書處理機

國家圖書館出版品預行編目資料

還來得及！新日檢N2文字・語彙考前7天衝刺班 / 元氣日語編輯小組編著
--初版--臺北市：瑞蘭國際,2012.11
160面；17 x 23公分 -- (檢定攻略系列；26)
ISBN：978-986-5953-15-7 (平裝)

1.日語 2.詞彙 3.能力測驗

803.189   101019273

檢定攻略系列 26

還來得及！

新日檢N2 文字 語彙 考前7天衝刺班

作者｜元氣日語編輯小組・責任編輯｜葉仲芸
審訂｜こんどうともこ

封面、版型設計、排版｜余佳憓
校對｜葉仲芸、こんどうともこ、王愿琦、呂依臻・印務｜王彥萍

董事長｜張暖彗・社長兼總編輯｜王愿琦・副總編輯｜呂依臻
副主編｜葉仲芸・編輯｜周羽恩・美術編輯｜余佳憓
企畫部主任｜王彥萍・業務部主任｜楊米琪

出版社｜瑞蘭國際有限公司・地址｜台北市大安區安和路一段104號7樓之1
電話｜(02)2700-4625・傳真｜(02)2700-4622・訂購專線｜(02)2700-4625
劃撥帳號｜19914152 瑞蘭國際有限公司・瑞蘭網路書城｜www.genki-japan.com.tw

總經銷｜聯合發行股份有限公司・電話｜(02)2917-8022、2917-8042
傳真｜(02)2915-6275、2915-7212・印刷｜禾耕彩色印刷有限公司
出版日期｜2012年11月初版1刷・定價｜160元・ISBN｜978-986-5953-15-7

瑞蘭國際

瑞蘭國際